WILFRIED OHMS

ABSCHIED VOM SPIEGELBILD

WILFRIED OHMS

ABSCHIED VOM SPIEGELBILD

ERZÄHLUNG

VERLAG C.H.BECK

ISBN 3 406 46575 7

www.beck.de
Gesamtherstellung: Kösel, Kempten
Gedruckt auf säurefreiem, alterungsbeständigem Papier (hergestellt aus chlorfrei gebleichtem Zellstoff)
Printed in Germany

Also blieb Jakob allein.
Da rang ein Mann mit ihm,
bis die Morgenröte anbrach.
Genesis, 32,24

Für – wen sonst? – Kim Hee Jae

Als Brigitte, die Frau meines älteren Bruders Martin, mich um halb sieben in der Früh anrief, war ich nicht wirklich überrascht. Ich mußte mich im Gegenteil auf das äußerste zusammennehmen, ihr den Grund ihres Anrufs nicht auf den Kopf zuzusagen, noch bevor sie die Gelegenheit finden würde, ihn mir mitzuteilen: daß mein Zwillingsbruder Christian sich letzte Nacht in Afrika umgebracht, genauer gesagt aufgehängt hat.

Am Abend zuvor hatte ich lange ferngesehen, dann noch im ersten Band von Elias Canettis Autobiographie gelesen. Nach kurzem Schlaf schreckte mich ein Blitz auf, der quer durch beide Augen lief. Meine Glieder zuckten, als hätte sie ein heftiger Stromstoß elektrisiert. Eine furchtbare Gewißheit breitete sich in mir aus wie Wellenkreise, wenn man einen Kieselstein ins Wasser wirft.

Ich stehe vom Schreibtisch auf, gehe ins Wohnzimmer und lege mich auf das Sofa. Die Zeit vergeht nicht mehr, sondern wälzt sich als zähe, gallertige Masse durch das Gehirn. Sie stockt und steht still, bis ein zufälliger Gedanke oder ein Geräusch, das durch das geschlossene Fenster dringt, sie wieder zögernd in Bewegung setzt. So langsam, daß mich ihre Trägheit verhöhnt.

Zwillinge. Eineiige Zwillinge. Die Betonung liegt jetzt auf dem *Ei*. Denn es ist rund wie die Trauer. Ohne Anfang und ohne Ende.

Seitdem sich mein Zwillingsbruder in Afrika das Leben genommen hat, ertappe ich mich immer öfter dabei, wie ich mir sein verzerrtes Gesicht, die gequollene Zunge oder das unerbittliche Fortschreiten seiner Zersetzung – er ist nach wie vor im Leichenschauhaus von Lomé aufgebahrt – in möglichst allen Einzelheiten vor Augen rufe. Das Unwirkliche des plötzlichen, abertausende Kilometer entfernten Todes wird in diesem Moment für mich greifbar. Am süßlichen Verwesungsgeruch, der mir dabei in die Nase steigt, halte ich mich fest wie ein Blinder an dem ihm dargebotenen Arm.

Beim Sprechen zucke ich bisweilen mitten im Satz zusammen. Die Ununterscheidbarkeit der Stimmen macht mir angst. Eine Stimme, ein Tonfall und zwei Körper. Der eine lebt, der andere ist tot.

Nicht anders, wenn ich beim Rasieren in den Spiegel blicke und mich frage, ob mein Gesicht seine Züge trägt. Oder ist es umgekehrt? Und wem gehörte das Gesicht, das uns gemeinsam gegeben wurde, denn ursprünglich? Wer hat es wem geliehen? Veruntreue ich nicht seines, indem ich das meine dieser Tage zu ändern versuche und die lächerlichsten Grimassen schneide, nur damit aus Gleichem Verschiedenes wird? Damit sich das Spiegelbild verzerrt, das Ebenbild zur Fratze verkommt?

Unsere Mutter stammt aus einer kärntnerisch-tirolerischen Juristenfamilie. Die Vorfahren des Vaters kamen aus Wien. Anfang der fünfziger Jahre lernten sie sich in Graz kennen, wohin beide nach dem Ende des Kriegs gezogen waren. Der Vater trat nach dem Philosophiestudium in ein ortsansässiges Bankhaus ein. Mit der Zeit brachte er es bis zum Generaldirektor. Seine Frau gebar ihm pflichtbewußt drei Söhne.

Auf der Straße spähe ich nach Bekannten. Weil ich gezielt auf der Lauer liege, treffe ich mehr als sonst. Es bereitet mir eine seltsame Freude, ihnen vom Freitod meines Zwillingsbruders zu erzählen, den die meisten gar nicht gekannt haben. Scharf fasse ich jeden ins Auge und wäge ab. Mein Urteil ist gnadenlos. Ich weide mich an ihrem – vorgetäuschten? – Entsetzen und bemühe mich, ihnen nicht ins Gesicht zu lachen oder mit der Faust einen Schlag zu versetzen. Je nachdem. Schließlich wechsle ich abrupt das Gesprächsthema. Oder ich drehe ihnen einfach den Rücken zu und gehe ohne ein weiteres Wort.

Unsere Entbindung im Sanatorium der *Kreuzschwestern* dauerte über zwanzig Stunden, darf ich den Erinnerungen meiner Mutter glauben, die uns diesen Umstand von klein auf zum Vorwurf machte. Schließlich erbarmte sich der Geburtshelfer, ein gewisser Professor Engelhart, und rettete uns mit einem Kaiserschnitt das Leben. Nach wie vor zitiert die Mutter bei jeder Gelegenheit die Hebamme, die die frisch Operierte gefragt hatte, ob sie wirklich glaube, die Kinder seien das Martyrium wert, das sie ihretwegen durchleiden müsse.

Einer unserer frühesten Eindrücke wahrscheinlich der des Zu-zweit-Seins. Gefüttert, gewickelt, gebadet werden: ein einziger, fortwährender Gleichklang. Die Gegenwart des anderen schien so selbstverständlich wie der eigene Atem. Nur wenn sie fehlte, erzählte man uns, bemerkten wir sie und schrien, bis wir uns wieder im vertrauten Gesicht spiegeln durften.

Später dann die üblichen Verwechslungsspiele, mit denen sich die Eltern und der um drei Jahre ältere Bruder auf unsere Kosten amüsierten. Es fiel uns schwer, in ihr Gelächter einzustimmen. Manchmal taten wir es trotzdem. Was wäre uns übriggeblieben?

Am Abend legte uns die Mutter die Kleider für den kommenden Tag zurecht: zwei gleiche Hemden, zwei gleiche Paar Hosen, gerippte Unterwäsche. Socken oder Strumpfhosen, je nach dem zu erwartenden Wetter. Erst im Lauf der Jahre erkämpfte sich jeder die eigene Kleidung, den eigenen Haarschnitt, den eigenen Namen.

Was immer geschah, geschah den Zwillingen. Man rief, befahl, urteilte, verdammte. Nie anders als in der Mehrzahl. Man führte uns vor wie ein doppelköpfiges Kalb, eine lachhafte Laune der Natur. Das eigene Leben begann, als wir uns dagegen wehren konnten. Wehren mußten, weil wir fühlten, daß wir langsam an ihm erstickten.

Im Kindergarten waren wir gefürchtet. Bei Raufereien lernten wir rasch den Vorteil der Zweiheit zu schätzen, den wir rücksichtslos ausnutzten. Bald gab es niemand mehr, der sich freiwillig mit uns eingelassen hätte. Wie eine fremde Besatzungsmacht hockten wir feindselig und stets zum Sprung bereit abseits der Gruppe und erwarteten den Kampf. Blieb er aus, schlugen wir uns am Nachmittag zu Hause oder erprobten uns am Bruder, der meistens den Kürzeren zog.

Wenn gerade kein Feind zugegen war, herrschte zwischen uns unerbittliche Rivalität. Um die Ehre der ersten Milchzahnlücke wetteiferten wir, als hinge davon unser weiteres Überleben ab. Ansonsten die üblichen Geschwisterspiele. Geschwistereifersüchteleien, die sich in der unablässigen Spiegelung bis zum Exzeß steigerten.

Einer erzählte dem anderen, jener sei bloß ein von den Eltern adoptiertes, quasi gnadenhalber in die Familie aufgenommenes Kind. Erstaunlich, wie inbrünstig wir daran glaubten. Wie dankbar wir uns an die Möglichkeit klammerten, daß es doch nur Fremde seien, die uns jeden Tag quälten und das Leben zur Hölle machten. Die stets gemeinsam über uns verhängte Züchtigung machte auch diese Hoffnung zunichte.

Beim Zeichnen entdeckte man erstmals, daß es doch eine, wenn auch unerwünschte Verschiedenheit zwischen uns gab: Im Gegensatz zu meinem Bruder führte ich den Bleistift mit der Linken. So lange, bis meine Großmutter mütterlicherseits es mir abgewöhnte und ich gehorsam mit der *schönen* Hand, die mir für diesen Zweck fremd und ungelenk vorkam, Strichmännchen und Spiralen vor mich hin kritzelte.

Und daß wir beide mit der gleichen Gier an unseren Fingernägeln kauten – *carpe diem!:* denn morgen würde man sie mit Hühnerkot beschmieren.

Mitunter denke ich, ich sollte für ein paar Tage verreisen. Egal wohin, bloß fort von den Kreisen, die bei jedem Ausschreiten ein Stück enger werden. Vom Bett zum Tisch, vom Tisch zum Sofa, vom Sofa zurück an den Tisch. Ich stelle mir die Willensanstrengung vor, die nötig wäre, die Reisetasche zu packen, zum Bahnhof zu fahren, eine Eisenbahnkarte zu lösen und mich am Ankunftsort nach einem Quartier umzusehen.

Die Reise ist abgesagt; ich bleibe, wo ich bin. Ich gehe vom Bett zum Tisch, vom Tisch zum Sofa, vom Sofa zurück an den Tisch.

Das Spiel mit den Kindern im Hof war uns selbstverständlich auf das strengste verboten. Bei guter Führung durften wir manchmal im Sommer nach dem Abendessen mit untergeschlagenen Beinen auf dem Wäschebalkon sitzen und durch die Gitterstäbe nach draußen spähen. Sämtliche Hausparteien nannten uns bald die drei Affen.

Weil die Beschäftigung mit Büchern die beinahe einzige Tätigkeit war, die man uns straffrei gestattete, hatten wir uns schon ein Jahr vor der Einschulung das Lesen und Schreiben selbst beigebracht.

Den Unterricht in der ersten Volksschulklasse erlebten wir deshalb als fortwährende Langeweile zwischen Frühstück und Mittagessen, die uns mit jedem Tag unerträglicher schien. Die Lehrerin, die jene Kinder, von deren Eltern sie nichts befürchten mußte, mit Ohrfeigen und Kopfnüssen den Korridor zwischen den Bankreihen auf und ab traktierte, ließ uns in Ruhe. Aber auch sie nannte uns bloß *die Zwillinge* und verweigerte uns so den eigenen Namen.

Um Weihnachten herum brach sich mein Bruder beim Schifahren das Bein. Nächtelang weinte ich, weil ich ihn um die von den Zehen bis zur Hüfte reichende Auszeichnung beneidete. Als man ihm den Gips abnahm, staunte ich, wie dünn die Wade, wie rotschuppig die Haut geworden war. Er hatte etwas erlebt, das mir verschlossen blieb. So schien er mir für kurze Zeit größer und älter. Sein Unfall bewirkte aber noch etwas anderes: Zum ersten Mal seit unserer Geburt konnte man uns für sechs lange Wochen unterscheiden. Auseinanderhalten nannte man es.

Anläßlich des Weltspartags schenkte die Schule jedem Erstkläßler eine zylinderförmige Plastiksparbüchse. In der Gier, unsere Büchsen möglichst schnell prall gefüllt dem Sparkassenangestellten aushändigen zu können, gingen wir nach dem Unterricht nicht wie sonst nach Hause, sondern zigeunerten kreuz und quer durch das Viertel, in dem wir wohnten, und hielten sie jedem, der uns entgegenkam, unter die Nase. Ich weiß nicht mehr, wieviel wir schließlich zusammengebettelt hatten. Ich erinnere mich nur an die Schläge, die uns der Vater mit einem hölzernen Kochlöffel verabreichte, weil wir es gewagt hatten, uns zum Abendessen zu verspäten.

Unsere Uniformen: ein weißes Hemd und eine graue Flanellhose im Winter. Helle Shorts und Fußbettsandalen im Sommer. Unsägliche Walkjanker im Frühling. Trachtenhüte im Herbst. Verweinte Gesichter und von der roten Hundepeitsche gezeichnete Hinterteile zu jeder Jahreszeit. Manchmal bekamen wir nach der Bestrafung kleine Kissen auf den Stuhl gelegt, weil unsere gestriemte Haut sonst wahrscheinlich aufgesprungen wäre.

Und immer wieder befällt mich ungläubiges Staunen, daß der, den ich auf den vereinzelten Photographien betrachte, die ich nach und nach in allen möglichen Winkeln der Wohnung zusammengesucht habe, jetzt nicht mehr ist. Dasselbe Befremden wie im vorigen Jahr nach dem Tod des Vaters. Warum verwesen die Bilder nicht zugleich mit den auf ihnen abgelichteten Menschen?

Indem ich von meinem Zwillingsbruder schreibe, schreibe ich von mir. Seine Geschichte ist meine ist unsere. Erinnerung an ihn ist Erinnerung an mich. Spiegelbild und Spiegel. Vorder- und Rückseite ein und derselben Münze.

Stets aufs neue verwundert mich die Tatsache, daß Leben, das aus einer Zelle entstanden ist, mehr als einen Tod besitzt. Die plötzlichen, vorwarnungslos auftretenden Phantomschmerzen, von denen ich bislang nur in Berichten über Gliedmaßenamputierte oder Kriegsversehrte gelesen habe, steigern sich oft ins Unerträgliche. Das Echo meiner Stimme, das bei Ferngesprächen in der Leitung nachklingt, läßt mich zusammenzucken.

Unter der Dusche untersuche ich meinen Rücken, ob sich auf der Haut nicht doch – wenn auch gegen jede Vernunft – Totenflecken zeigen. Beharrlich drängt sich mir die Frage auf, was mein Ableben in seinem Kopf, seinem Gemüt bewirkt hätte.

Gleichmäßiges Pochen in der Schläfe zählt mir die Stunden. Gegen die Taubheit, die meine Glieder von einer Sekunde zur nächsten befällt, würde es wahrscheinlich auch nicht helfen, wenn ich mir auf der Haut brennende Zigaretten ausdämpfte. Einzig das *Lacrimosa* aus dem *Requiem* von Mozart könnte eventuell Linderung schaffen. Aber ich verbiete es mir, seitdem es meiner Frau nach dem Tod des Vaters in der nächtelangen Wiederholung zur Qual geworden ist.

Je angestrengter ich versuche, die Dinge zu ordnen, um so mehr entgleiten sie mir. Ziehen sich zurück, verblassen, verschwinden. Lösen sich buchstäblich in nichts auf. Aus sicher geglaubten Jahreszahlen wird so ein betrügerisches Hütchenspiel.

Dann wieder fallen die Erinnerungen so rücksichtslos über mich her, daß ich mir auf die Unterlippe beißen muß, um nicht zu schreien: die rotschwarzen Zipfelmützen. Die weißen Eislaufschuhe. Die dunkelblauen Anoraks. Fäustlinge. Schals. Von der Mutter gestrickte

Zopfmusterpullover oder solche mit Norwegerstickereien. Die erste Schiausrüstung unter dem Weihnachtsbaum. Die Schuhe zum Schnüren, die Bindung mit Federzug.

Dichtes Schneegestöber auf dem Weg in den Kindergarten oder in die Schule, wo es noch separate Eingänge für *Knaben* und *Mädchen* gab. Kurz dauernde Freundschaften, die wir zwar gemeinsam schlossen, die dann später aber jeder vor dem anderen eifersüchtig bewachte.

Im Mai siebenundsechzig starb die Großmutter mütterlicherseits an akutem Nierenversagen. Im Oktober des folgenden Jahres erlag der Vater unseres Vaters einem Herzinfarkt. Beide Male untersagte man uns, am Begräbnis teilzunehmen.

Mein Zwillingsbruder wünschte sich während der Volksschulzeit nichts sehnlicher als eine Geige. An einem nebelverhangenen Novembernachmittag nahm er all seinen Mut zusammen, betrat eine Instrumentenhandlung und ließ sich vom Verkäufer eine Dreiviertelvioline ans Kinn legen. Man gestattete ihm sogar, ein paarmal den Bogen über die Saiten zu streichen. Ich war vor dem Geschäft stehengeblieben und beobachtete ihn durch die Schaufensterscheibe. Der scheue Ernst, mit dem er das Instrument hielt, verblüffte mich. Tief beeindruckt, fast andächtig erzählte er mir nachher von diesem Moment wie von etwas Heiligem. Als die Mutter ihm statt der Geige eine Mundharmonika in Aussicht stellte, redete er nie wieder davon.

In der Klasse waren wir bald die von allen sorgsam Gemiedenen. Endgültig und unwiderruflich, seit der Vater die Lehrerin gebeten hatte, meinem Zwillingsbruder und mir stets eine Extrahausaufgabe zu geben, weil wir sonst nicht genug gefordert wären. Das Niveau des Unterrichts wäre ja ohnehin niedrig genug, verglichen mit seiner eigenen Schulzeit geradezu katastrophal.

Ein Freund zeigte mir kürzlich einen Brief, den ihm mein Bruder kurz vor seinem Tod aus Togo geschrieben hatte. Unter anderem berichtete er von einem Gespräch mit einem Einheimischen, der sich noch an die Zeit, als das Land eine deutsche Kolonie gewesen war, erinnern konnte: ... *wenn die Deutschen ihre togolesischen Untergebenen mit dem Stock züchtigten, gaben sie den letzten Schlag quasi als Draufgabe mit den Worten ONE FOR KAISER!*

So auch das tägliche Sonderpensum, das uns die Lehrerin mit unverhohlener Schadenfreude auftrug: ONE FOR VATER!

Wenn wir zur Strafe ohne Abendessen ins Bett gesteckt wurden, phantasierten wir stundenlang, was wir uns alles an Lebensmitteln kaufen würden, hätten wir das notwendige Geld dafür.

Den armseligen Stolz auf unsere Kinderschreibtische, die neben der Schultasche und dem eigenen Bett unseren einzigen nennenswerten Besitz bildeten, vergällte uns die Mutter dadurch, daß sie, wann immer es ihr paßte, die Schubladen ausmistete, das heißt alles wegwarf, was uns viel, ihr naturgemäß jedoch nichts bedeutete.

Eine beliebte, von ihr häufig angewandte Strafe bestand darin, unsere Rucksäcke mit dem ihr notwendig Scheinenden vollzupacken. Dann mußten wir in der Küche sitzend warten, bis die Fürsorgefrau kommen und uns in ein Erziehungsheim für Schwererziehbare bringen würde.

Kaum ein Tag, an dem wir nicht zum Tod durch Ignoriertwerden verurteilt worden wären. Das unerbittliche Schweigen, mit dem man uns verfolgte, ließ unsere Schuld ins Unermeßliche wachsen. Später rächten wir uns, indem wir uns bei Fremden als Waisenkinder ausgaben oder uns tränenlos in allen Einzelheiten das Doppelbegräbnis der Eltern vorstellten, die gerade bei einem grauenvollen Autounfall gestorben waren.

Bei dem jedes Jahr stattfindenden Allerheiligenbesuch auf dem St.-Peter-Friedhof blieben wir wie zufällig ein paar Schritte hinter den Erwachsenen zurück und bliesen die Kerzen auf den Gräbern aus.

Der Vater bezahlte Klosterschwestern und Kindergärtnerinnen, damit sie das von ihm an uns begonnene Zerstörungswerk fortsetzen und vollenden sollten, was sie gewissenhaft und nicht ohne Freude taten. Daß wir evangelisch getauft waren, stachelte den Haß der Nonnen zusätzlich an. Als wir schließlich aus dieser katholischen Dependance der Hölle hinausgeworfen wurden, prophezeite uns die Schwester Oberin, nachdem sie uns zuerst halbtot geohrfeigt und dann stundenlang zwischen zwei Doppeltüren gesperrt hatte, eine Verbrecherkarriere, die, so die Braut Christi, zwangsläufig am Galgen enden müsse. Zur Warnung zeigte sie uns mild lächelnd das Bild einer aufgebahrten Kinderleiche.

Einen Nachmittag im Frühherbst verbrachten wir bei einer Kinderpsychologin. Sie hieß uns eine Bildtafel ansehen, auf der sich ein kleiner Hase in einem dunklen Zimmer fürchtete. Er kam uns bekannt vor. Die Psychologin führte verschiedene Tests mit uns durch. Die Ergebnisse schienen zufriedenstellend. Wir fühlten uns bei der ruhigen, uns offenbar wohlgesonnenen Frau geborgen. Das Interesse, das sie uns entgegenbrachte, freute uns. Um so größer war dann die Enttäuschung, als sie sich, kaum daß die Eltern ihre Praxis betreten hatten, von uns abwandte und lange mit ihnen sprach, während wir auf dem Fußboden mit Bauklötzen spielen mußten.

Nach dem Frühstück strecke ich mich auf dem Wohnzimmersofa aus und lasse die Bilder, Gerüche und Erinnerungsfetzen unserer Kindheit in mir aufsteigen, ohne sie zu ordnen oder miteinander in Verbindung zu setzen: der säuerliche Gestank von Erbrochenem, in dem wir regelmäßig lagen, wenn wir in der Nacht schweißgebadet erwachten ... eine alptraumhafte Ferienwoche in Trahütten mit der Großmutter mütterlicherseits … irgend etwas mit einem Turnverein, den wir gegen unseren Willen besuchen mußten … ein Friseur, der Herr Edi hieß und der uns auf Geheiß des Vaters lächerliche Bürstenhaarschnitte verpaßte … zwei Plüschaffen, die wir beide Hugo nannten, spendeten uns Trost … verweinte Faschingsfeste im Sacre-Cœur-Kindergarten und in der Volksschule … Krapfen, deren Marmeladefüllung beim Hineinbeißen über unsere Finger quoll und die lieblos geschminkten Gesichter verschmierte … vor dem Schlafengehen befahl man uns zu beten: Lieber Gott, mach mich fromm, daß ich in den Himmel komm. Amen.

Die Zehnschillingmünze für den Ägydimarkt am ersten September … ungeübte Schwimmtempi im eiskalten Wasser des Freibads … das Fenster im Kinderzimmer, das die Eltern mit einem schwarzen Tuch verhängten … Nachmittagsausflüge, bei denen nicht gewandert, sondern *marschiert* wurde … Eisenbahnfahrten von Graz in die Weststeiermark … Gastgärten, in denen wir saßen und Wespen mit Hilfe eines Bierdeckels in das vor uns gestellte Limonadenglas sperrten … der Neid, den wir dem älteren Bruder gegenüber empfanden, weil er einen eigenen Vornamen besaß, den er mit niemand anderem teilen mußte … und immer wieder Angst. Todesangst.

Litt die Mutter unter einem ihrer häufigen Migräneanfälle, durften wir uns kaum rühren und bloß im Flüsterton sprechen. Trotzdem war jedes unserer Worte das eine zuviel. Jede Regung galt ihr als ein gegen sie gerichteter, unentschuldbarer Anschlag, den sie dem Vater berichtete, sobald er am Abend vom Büro nach Hause kam. *Was mir die Kinder schon wieder angetan haben!* Der Zuchtmeister zog das Jackett seines Anzugs aus, holte wortlos die Hundepeitsche und verrichtete mit gleichgültiger Gewissenhaftigkeit seine Arbeit.

Die Drohung, man würde allen Leuten endlich die Wahrheit über uns und unsere todeswürdigen Verbrechen erzählen, peinigte uns in einem fort. Aus der Erfahrung wußten wir, daß die Eltern fast jede gegen uns ausgestoßene Drohung irgendwann wahr machten.

Die Mutter hatte als Mädchen an Lungentuberkulose gelitten und etliche Jahre in einem Tiroler Sanatorium verbracht. Aus diesem Grund schaffte sie uns jeden Herbst zu einem Facharzt für Pneumologie, der uns nach der Untersuchung zur Belohnung und weil wir alles widerspruchslos mit uns geschehen ließen, durch den Röntgenschirm das Innenleben des Bruders zeigte. Wir staunten über das rhythmisch schlagende Herz, die sich gleichmäßig hebenden und senkenden Rippen. Einmal, erinnere ich mich, schob er den Schirm ein Stück weit nach oben, und ich gewahrte einen grinsenden Totenschädel, der mit den Zähnen klapperte.

Und immer wieder die rote Hundepeitsche zur Strafe für unverzeihliche Vergehen. Später wurde sie durch eine spaltlederne Boxerleine mit Stahlkarabiner ersetzt. Nach der Züchtigung, wenn wir mit heruntergelassener Hose nebeneinander im Wohnzimmer vor dem Ölgemälde aus dem frühen neunzehnten Jahrhundert knieten, das die Innenansicht eines Schafstalls zeigte, verglichen wir die Dicke der Striemen auf dem Gesäß des Bruders mit den eigenen, als wären sie Ehrenmale einer bestandenen Mutprobe.

Zu Beginn der Woche, in der wir das Jahreszeugnis der ersten Volksschulklasse erhalten sollten, mußte die Mutter am Blinddarm operiert werden. Als Belohnung für unsere guten Noten kaufte der Vater jedem ein billiges Taschenmesser, mit dem wir erfolglos versuchten, aus Haselstecken Trillerpfeifen zu schnitzen. Als die Mutter am Freitag aus dem Sanatorium entlassen wurde, konfiszierte sie die Messer unverzüglich. Wir könnten mit ihnen – Gott bewahre! – die kostbaren Biedermeiermöbel beschädigen.

Solange ich denken kann, vergingen wir vor Sehnsucht nach südlichen Ländern, wo man in einer fremden, freundlich klingenden Sprache mit uns redete, als wären wir Menschen.

Die Eltern erfüllten sich Mitte der Sechziger Jahre ihren Traum und bauten in der Nähe von Graz ein Haus auf dem Land. Semriach. Ein Name, der uns während unserer gesamten Kindheit Angst einflößte und Ekel verursachte. An jedem Wochenende und während der Schulferien brachte man uns in den neu errichteten Hochsicherheitstrakt. Obwohl der Garten über zweitausend Quadratmeter maß, durften wir uns nicht abseits der kiesgeschotterten Terrasse bewegen, würden wir doch sonst, so der Vater, dem Nachbarsbauern, der gegen Bezahlung das Gras mähte, das kostbare Futter zertreten.

Mein Zwillingsbruder und ich litten an starkem Heuschnupfen, was zur Folge hatte, daß wir mit rinnender Nase und entzündeten Augen im abgedunkelten Wohnzimmer saßen, während die Eltern den andauernd zu Besuch weilenden Bekannten vorschwärmten, wie gut uns die frische Landluft täte.

Als die Mutter vom Freitod meines Bruders erfuhr, rief sie mich an und meinte, wenn man es recht betrachte, sei es so ja das beste.

Im Herbst neunzehnhundertundsiebzig traten wir nach der damals noch obligatorischen Aufnahmeprüfung in die erste Klasse des Akademischen Gymnasiums ein, wo unser älterer Bruder bereits seit drei Jahren als Musterschüler glänzte. Wie schon vor Beginn des Kindergartens oder der Volksschule erfuhren wir von den Eltern bloß, daß jetzt der Ernst des Lebens anfangen würde. Trotz dieser Drohung, die ständig über uns lastete, hofften wir, daß es diesmal anders wäre. Unsere Hoffnung erfüllte sich nicht. Wir blieben die *Zwillinge*. Das eigene, vom Bruder verschiedene Ich blieb unser Geheimnis, das wir nur allzu gern preisgegeben hätten. Nach wie vor in die lächerlich gleichen Kleider gezwängt, besichtigten uns Mitschüler und Lehrer während der Gangpausen mit unverhohlener Neugier, wenn wir gegen den Uhrzeigersinn, die Hände auf dem Rücken verschränkt, stumpfsinnige zehn Minuten lang paarweise auf und ab paradierten. Hielten wir die hartnäckigen Blicke oder die abfälligen Bemerkungen nicht länger aus, flohen wir auf die Toilette und sperrten uns in einer der Kabinen ein, bis die nächste Unterrichtsstunde eingeläutet wurde.

Was zu tun ist, besorge ich wie immer und staune, mit wie wenig Anteilnahme sich gleich welche Arbeit verrichten läßt. Nichts ist mehr wichtig, zwischen mich und die Welt hat sich eine unheimliche Leere geschoben. In fast kindischer Sturheit will ich es nicht wahrhaben, daß trotz des Todes meines Bruders die Welt sich gleichmäßig weiterdreht und nicht einmal für eine Sekunde aus der Bahn gerät.

Nach dem Frühstück liege ich auf dem Wohnzimmersofa und schlage mit den Fingerknöcheln den Takt. Tot, tot, tot. Stundenlang wiederhole ich dieses Wort, damit ich nicht in Versuchung komme, es zu vergessen. Sage mir wie unter Zwang stumm und hartnäckig die unsäglichen drei Buchstaben vor, als übte ich ein neues Vokabel einer entsetzlichen Sprache: tot, tot, tot.

In Gesellschaften höre ich mich sprechen und sehe mich das Glas an den Mund führen wie in einem Amateurvideo, dessen Hauptdarsteller ich bin. *Er* redet, *er* trinkt, *er* zündet sich bereits die dritte Zigarette hintereinander an, denke ich, ohne mich freilich der Täuschung hinzugeben, *er* sei jemand anderer als ich.

Glaube ich mich unbeobachtet, lege ich mich, die Arme über dem Bauch verschränkt, auf den Boden. Regungslos bleibe ich liegen und versuche, mich in den verwesenden Körper meines Zwillingsbruders hineinzuversetzen: Ich bin tot, mein Leib zerfällt in Fäulnis. Mein Leib zerfällt in Fäulnis. Ich bin tot.

Nach einer Weile sind meine Glieder so taub, daß mir scheint, sie gehören nicht mehr zu mir. Ich öffne widerwillig die Augen und betrachte meine Hände wie die eines Fremden. Ich bin mir nicht mehr sicher, wer wen überlebt hat. Ist es möglich, sich selbst zu überleben?

Ich verbohre mich mit nutzloser Neugier in Fragen, die nirgendwo hinführen. Will beispielsweise wissen, ob der Leichnam nackt oder bekleidet im Totenschauhaus liegt. Ob man ihm einen Zettel um die große Zehe gebunden hat, wie ich es in Kriminalfilmen im Fernsehen gesehen habe. Liegt er – von einem weißen Tuch zugedeckt – in einer Aluminiumlade, die sich auf lautlosen Rollen öffnen und schließen läßt? Hat man seinen Körper gewaschen, die Haare gekämmt, Kinn und Wangen rasiert? Wie weit sind seine Gesichtszüge noch vorhanden, oder ist alles wäßrig gedunsen und damit der Erkennbarkeit beraubt? Sitzt wirklich, wie ich es mir vorstelle, ein alter Grauhaariger vor dem Eingang und schüttelt bei jedem neu dazukommenden Toten sanft und vorwurfsvoll den Kopf?

Eines Tages, nehme ich mir vor, werde ich nach Lomé fahren und das Bild von diesem Ort, das sich in meinem Kopf verfestigt hat, mit der Wirklichkeit vergleichen.

Mein Zwillingsbruder und ich befanden uns unter den ersten der Klasse, bei denen die beginnende Pubertät sichtbar wurde: Blonder, zögernd dunkelnder Flaum zeigte sich auf der Oberlippe. Knallrote Pickel bedeckten die Stirn. Über Nacht rochen die Achseln scharf und geschlechtlich. Eine fremde Stimme überdeckte die uns vertraute, die unvermutet im Hals steckenblieb, sich überschlug und weitersprach. Der Versuch einer ersten Rasur endete mit tiefen Schnittwunden im Gesicht.

Wir schwindelten uns in die Nachmittagsvorstellungen der Kinofilme, die für Jugendliche verboten waren: *Emanuelle*, *Fritz the Cat*, *Ein Mann sieht rot*. Nach der Vorstellung setzten wir uns in das Café *Corso* in der Herrengasse, tranken Bier und rauchten Zigaretten. Auf dem Nachhauseweg erbrachen wir auf die Straße.

Verbissen stritten wir mit den Eltern, bis zu welcher Länge unsere Haare wachsen durften. Nach jedem erzwungenen Friseurbesuch trösteten wir uns, indem wir im Naturgeschichtebuch nachlasen, daß das menschliche Kopfhaar etwa anderthalb Zentimeter pro Monat wächst. Bis zu den Sommerferien, in denen wir nach England geschickt werden sollten, blieb also noch genügend Zeit, damit wir den Mädchen, denen wir dort zu begegnen hofften, gefallen könnten, obwohl wir selbst nicht daran glaubten.

Ich versuche den Kreis aus Bett, Tisch und Sofa zu durchbrechen und besuche mit Katharina, meiner dreijährigen Tochter, den Spielplatz, der in der Nähe unserer Wohnung liegt. Während ich den anderen Kindern beim Schaukeln, Tempelhüpfen oder Radfahren zusehe, findet sie irgendwo ein Stück roter Plastikschnur. Sie legt es sich um den Hals und versucht, die Enden zu einem Knoten zu binden. Stolz stellt sie sich vor mich hin und zeigt mir ihr Werk. Um ein Haar hätte ich ihr die erste Ohrfeige ihres Lebens verpaßt.

Instinktiv wußte offenbar jeder, wie er uns am tiefsten verletzen, am treffsichersten demütigen konnte: Man verwechselte, teils aus absichtsloser Dummheit, teils aus berechnender Bosheit in einem fort unsere Vornamen. Lehrer, Eltern, Mitschüler, Verwandte: Alle bedachten mich mit dem Rufnamen meines Zwillingsbruders, ihn mit meinem. Wir gewöhnten uns nie daran. Im Gegenteil: Jede neue Verwechslung schmerzte uns mehr als die vorherige. Am infamsten jedoch handelte der Vater, wenn er einen von uns zunächst beim richtigen Namen zu sich befahl, sich dann aber gleichsam beiläufig korrigierte und das auserkorene Opfer mit dem Namen des Bruders rief.

Unsere Ununterscheidbarkeit rieb man uns unter die Nase, als sei sie das schwerste aller denkbaren Verbrechen. An der Gleichartigkeit unseres Aussehens schien sich halb Graz zu stoßen. Für die Leute war sie eine von uns ersonnene Perfidie. Nur dazu gut, Verwirrung und Unfrieden zu stiften.

Wir zwei Individuen, so beispielsweise die Mutter, könnten uns zwar einbilden, die ganze Welt, nicht jedoch sie mit unserem Theater hinters Licht zu führen. Mit einem triumphierenden – *Aber mit mir nicht!* – ließ sie uns auf Holzscheiten oder Legosteinen knien, bis die Haut blutig gescheuert war.

Im Gymnasium galten wir den meisten Lehrern als abgefeimte und mit allen Wassern gewaschene Trickbetrüger. Verkommene Subjekte oder minderwertige Charaktere – so der Geschichtslehrer, ein ehemals hochrangiger Nationalsozialist, Fallschirmjäger der Wehrmacht und Studentengauleiter –, die sich unverfroren, geradezu widerrechtlich durchs Leben schwindelten, indem sich jeder nur in der Hälfte der Unterrichtsgegenstände auf die Prüfungen vorbereitete, die er für sein *alter ego* dann in einem Aufwasch gleich mit ablegte.

Mit dreizehn machten wir die für uns unglaubliche Entdeckung, daß es doch einen Menschen gab, der sich über unsere Gegenwart freute. Dem wir mehr waren als ständiges Ärgernis und Anlaß für Verdruß. Die Großmutter väterlicherseits, mit der wir bis dahin bloß selten zusammengekommen waren, wurde gegen ihren Willen vom Sohn, unserem Vater, in ein evangelisches Altersheim gesteckt.

Der Übersiedlung waren heftige Auseinandersetzungen zwischen den Eltern vorangegangen. Worum es im einzelnen dabei ging, erfuhren wir nie. Bloß soviel, daß die Mutter dem Vater vorwarf, er würde sich um alles, nur nicht um sie kümmern. Noch heute klingt mir ihre Drohung im Ohr, sie werde die Familie verlassen und sich in Tirol oder anderswo als Putzfrau den Lebensunterhalt verdienen. Ungeduldig und voll Vorfreude erwarteten wir täglich ihre Abreise, die selbstverständlich nie erfolgte.

Die damals schon über achtzigjährige Großmutter bewohnte im Heim ein helles, geräumiges Einzelzimmer, das mit Antiquitäten aus ihrer Wohnung möbliert war. Sie haßte das Heim vom ersten Tag an und machte aus dieser Abneigung kein Hehl. Als lebensfrohem Menschen war ihr, wie ich heute denke, die Vorstellung unerträglich, daß sie dieses Haus, das sie freiwillig nie und nimmer betreten hätte, nur als Leiche wieder würde verlassen dürfen. Sie behandelte das Dienstpersonal und die Pflegeschwestern mit äußerster Verachtung und Herablassung. Mehr als einmal versuchte sie zu fliehen. Aber jeder Versuch endete damit, daß ihr Sohn sie mit dem Taxi an den ihr verhaßten Ort zurückschaffte, wo ihr, wie es hieß, im Zimmer der Anstaltsleiterin gründlich der Kopf gewaschen wurde.

In der Nähe des Altersheims befand sich die Schwimmhalle eines Sportvereins, die unsere Klasse einmal wöchentlich besuchte. Wir nutzten die Gelegenheit, schwänzten den Unterricht und gingen statt dessen zur Großmutter.

Ich will nicht verschweigen, daß wir uns von den Besuchen handfeste materielle Vorteile erhofften. Erzählten doch unsere Mitschüler bei jeder Gelegenheit von Süßigkeiten oder zusätzlichem Taschengeld, was ihnen alles, wann immer sie ihre Großeltern sahen, nur so zuzufliegen schien.

Wir wurden nicht enttäuscht. Kein einziges Mal verließen wir sie, ohne daß sie uns zum Abschied einen Geldschein oder eine Tafel Schokolade in die Hand drückte. Am wichtigsten aber wurde uns die Freude, mit der sie uns empfing. Ihr Lächeln verriet, daß wir willkommen waren.

Selbstverständlich durften unsere Eltern nichts davon wissen. Die Strafe wäre entsetzlich gewesen.

Die heimlichen Besuche gingen über ein Jahr. In augenzwinkernder Komplizenschaft nannten wir sie unser kleines Geheimnis. Als die Großmutter im darauffolgenden Sommer starb, erfuhren wir, was es bedeutet, einen geliebten Menschen zu verlieren.

Immer häufiger drängt sich mir die Frage auf, von welchen Ereignissen ich berichten darf und von welchen ich besser schweige. Ob es nicht gegen jeden Anstand verstößt, wenn ich Dinge erzähle, die man in sogenannten gutbürgerlichen Familien wie der unseren ohne ein weiteres Wort unter den Teppich zu kehren pflegt. Ob ich nicht besser den Mund halte und schweige – auch beim Schreiben, gerade beim Schreiben! –, so wie es die Eltern ihre Söhne von klein auf gelehrt haben: Reden ist Silber, Schweigen ist Gold ...

Vielleicht wäre es das Vernünftigste, ich würde einfach auf dem Wohnzimmersofa liegen bleiben und mich nicht rühren, bis meine Frau mich zum Abendessen in die Küche ruft.

Aber dann fällt mir jener Sechzehnjährige ein, der keinen anderen Ausweg wußte, als sämtliche Tabletten zu schlucken, die sich in der Hausapotheke befanden. Drei Tage lag er bewußtlos und mehr tot als lebendig im Bett. Seine Eltern hielten es nicht einmal für nötig, einen Arzt zu rufen. Wie ich mittlerweile weiß, hat mir damals der pure Zufall das Leben gerettet. Mein Zwillingsbruder hatte weniger Glück.

Am Nachmittag lagen wir oft auf dem Bett und onanierten um die Wette. Sieger war der, dessen Samen zuerst auf das Papiertaschentuch spritzte, das wir über das Leintuch gebreitet hatten. Dabei erregte uns weder die Vorstellung an Mädchen noch irgendeine andere erotische Phantasie. Einzig der Wille, den Bruder in dieser neu entdeckten Disziplin zu schlagen, trieb unsere keuchende Anstrengung auf die Spitze.

Da unser Vater seiner Mutter, wie er sich brüstete, das Testament in die Finger diktiert hatte, streifte er nach ihrem Tod den Großteil ihres Vermögens ein. Von einem Teil des Geldes ließ er das Haus in Semriach tapezieren und mit neuen Möbeln einrichten. Für den Sommer buchte er eine dreiwöchige Mittelmeerkreuzfahrt, die uns von der Levante bis nach Spanien führte. Endlich erfüllte sich unsere Sehnsucht nach südlichen Ländern, geheimnisvollen Sprachen, dem in der Sonne glänzenden Meer.

Sobald die Eltern eingeschlafen waren, schlichen wir in den Salon an Deck. Wir tranken Whisky oder Gin und wunderten uns über die weltgewandten Libanesen, Amerikaner und Briten, die mit uns wie mit Gleichgestellten redeten. Die uns aufmerksam zuhörten und unsere in holprigem Schulenglisch geäußerte Meinung erst überdachten, ehe sie antworteten. Die restlichen Ferienwochen, die wir in Semriach verbrachten, ohrfeigten uns rasch und gründlich an unseren gewohnten Platz.

Anfang der Siebziger wurde ein Klavier angeschafft. Kaum hatten es die Speditionsarbeiter im Eßzimmer abgeladen, nahm mein Zwillingsbruder das Instrument in Beschlag und ließ sich nicht mehr von ihm trennen. Wollte ich die Stücke üben, die uns der Vater, der uns unterrichtete, aufgetragen hatte, mußte ich ihn fast mit Gewalt von den Tasten zerren, weshalb ich den regelmäßigen Unterricht bald aufgab.

Es machte mir nichts aus. Zum einen fehlte mir jeglicher Ehrgeiz, zum anderen überließ ich dem Bruder das Feld auch deswegen, weil die Musik für mich eine weitere Gelegenheit bildete, mich von ihm zu unterscheiden. Von nun an, dachte ich, wäre es für jeden bedeutend einfacher, uns auseinanderzuhalten. Man könnte uns in den Klavierspielenden und den Nichtklavierspielenden, den Musikalischen und den Unmusikalischen einteilen.

Die Fortschritte, die er binnen kürzester Zeit machte, beeindruckten mich tief. Wieder schien er mir größer und älter. Wie damals in der ersten Volksschulklasse, als er das Gipsbein wie eine Auszeichnung tragen durfte. Neben dem Klavier verblaßte für ihn alles Übrige zur Nichtigkeit. Stundenlang exerzierte er Tonleitern und Dreiklänge. In die *Schule der Geläufigkeit* von Cerny verbiß er sich, als hinge sein künftiges Leben von deren Bewältigung ab. Mit unglaublichem Ernst und einem eisernem Willen, den ihm weder ich noch sonst jemand zugetraut hätte, arbeitete er sich binnen kürzester Zeit zum *Wohltemperierten Klavier*, den

Mittleren Sonaten von Beethoven, den Polonaisen und Etuden Chopins vor.

Der Vater sah ein, daß er dem Sohn nichts mehr beibringen konnte. Ein neuer Lehrer wurde gesucht und gefunden. Ein blinder Pianist, den mein Bruder augenblicklich zum bedingungslos vergötterten Idol erklärte.

Manchmal sah ich die beiden, wenn der Schüler den Meister, der sein Augenlicht verloren hatte, als er im Nachkriegsgraz mit einer vergessenen Handgranate gespielt hatte, nach dem Unterricht zur Straßenbahnhaltestelle führte. Ich hielt mich fern. Nie unternahm ich den Versuch, mit dem bewunderten Vorbild des Bruders Bekanntschaft zu schließen. Dieser für ihn wichtigste Teil seines Lebens sollte nur ihm alleine gehören.

Die Selbstsicherheit meines Zwillingsbruders wuchs. Vom Lehrer unterstützt, glaubte er mit einem Mal an sein Talent, an die ihm offenstehenden Möglichkeiten. Schließlich wagte er es, den Eltern seinen Entschluß mitzuteilen: Da das Gymnasium nichts mehr für ihn bereithalte, wolle er es abbrechen, sich eben ohne

Schulabschluß, was gesetzlich durchaus möglich sei, auf der Hochschule für Musik und Darstellende Kunst einschreiben und sein Leben ausschließlich der Musik widmen. Er strebe die Laufbahn eines Musikers, genauer gesagt die eines Konzertpianisten, an. Dies sei der einzige Beruf, der ihm Erfüllung bieten könne. Nachdem er ja ohnehin erst im Alter von dreizehn Jahren mit dem Klavierspiel begonnen habe, sei keine Zeit zu verlieren. Die systematische Verwirklichung seines Lebensziels müsse unverzüglich und ohne Halbherzigkeiten in Angriff genommen werden.

Die Eltern hörten ihm schweigend zu. Die Mutter drehte am Ehering, der Vater klopfte mit den Fingern gegen die Sessellehne. Schließlich verkündeten sie mit einer Stimme das Gottesurteil: Das für die Klavierstunden notwendige Geld war mit sofortiger Wirkung gestrichen, wovon man den Lehrer gleich telephonisch in Kenntnis setzen werde. Des weiteren sei jeder Kontakt zu dem, den man für die größenwahnsinnigen Flausen und Hirnspintisierereien des Sohnes verantwortlich machte, unverzüglich einzustellen. Man denke nicht im Traum daran, das unreife Kind mit diesem gemeingefährlichen Irren, der es offensichtlich darauf abgesehen habe, dessen Leben zu ruinieren, durch die Lande tingeln zu lassen.

Wie der Vater, dessen eigener unerfüllter Jugendwunsch die Musikerkarriere gewesen war, versöhnlich lächelnd fortfuhr, sei die Beschäftigung mit Musik gewiß ein schöner und sinnvoller Zeitvertreib. Eine Liebhaberei, der man ohne weiteres neben dem Brotberuf nachgehen könne. Er selbst sei ja das beste Beispiel dafür. Ansonsten habe er dem Gesagten nichts hinzuzufügen. *Roma locuta, causa finita.*

Nach nicht einmal zehn Minuten war so der Lebenstraum meines Zwillingsbruders ausgeträumt. Ein Traum, für dessen Verwirklichung sein Talent zweifellos ausgereicht hätte, wie mir Fachleute versicherten. Zwar besuchte er etliche Jahre danach doch noch das Konservatorium in Genf, aber da war es schon zu spät.

Immer noch gebe ich mich der unsinnigen Hoffnung hin, daß das Telephon läutet und ich mit ihm über das Selbstmordgerücht, das er in die Welt gesetzt hat, damit die Mutter einen ordentlichen Schreck kriegt, ausgiebig lachen kann. Die Telekopien der österreichischen Botschaft in Abidjan, die meine Schwägerin Brigitte gewissenhaft an mich weiterleitet, lassen jedoch keinen Zweifel am tatsächlichen Sachverhalt.

Im Sommer neunzehnhundertfünfundsiebzig schickte man uns auf Sprachferien nach England. Wir waren bei verschiedenen Gastfamilien untergebracht, von denen die eine am nördlichen, die andere am südlichen Stadtrand von Eastbourne wohnte. Auch während der vormittäglichen Schulstunden sahen wir uns kaum. Jeder langweilte sich in einer anderen Klasse. Nachmittags mied mein Bruder den Strand, weil er wußte, daß ich häufig dort war, dafür hielt ich mich am Abend von den Diskotheken und Pubs fern, in denen er für gewöhnlich verkehrte. Unabhängig voneinander erlebten wir die ersten erotischen Abenteuer, genossen die ungewohnte Freiheit.

Als wir nach der Landung des Flugzeugs in Wien auf unser Gepäck warteten, starrten wir uns lange an. So, als bemerkten wir zum ersten Mal die Ununterscheidbarkeit unserer Gesichter. Schließlich nahm jeder seinen Koffer und ging durch die Zollkontrolle. Schon von weitem sahen wir die Mutter ungeduldig hinter der Schranke auf- und abgehen. Die Maschine hatte sich um eine knappe halbe Stunde verspätet. Ohne Umweg wurden wir zurück in den steiermärkischen Hochsicherheitstrakt verfrachtet.

Solange ich denken kann, haßten wir es, wenn man uns photographierte. Die Verdopplung dessen, was ohnehin von der Natur bereits verdoppelt worden ist. Auf Bildern, die man von uns aufgenommen hat, als wir Kleinkinder waren, kann ich mein Gesicht nicht von dem des Bruders unterscheiden. Ich muß die Mutter fragen: Wer ist er, wer bin ich? Auch sie irrt sich bisweilen. Ein Leben, das als Verwechslungskomödie begonnen hat und deren Darsteller sich nach wie vor selbst auf den Leim gehen.

Zwei Tage nachdem mir der Blitz seines Sterbens quer durch die Augen gefahren war, rief ich Vivianne, seine togolesische Witwe, in Lomé an. Ihren Schockzustand ausnutzend versuchte ich, ihr so viele Informationen wie möglich zu entlocken, damit ich so vielleicht die letzten Stunden im Leben des Bruders rekonstruieren könnte.

Sie sagte mir nicht mehr, als daß der Tag wie gewöhnlich verlaufen war. Er arbeitete in seinem kürzlich eröffneten Restaurant, aß mit der Frau zu Abend, trank ein paar Gläser Wein und fuhr nach Hause. Er meinte, sie solle schon zu Bett gehen. Er würde noch eine Weile im Wohnzimmer bleiben und eine oder zwei Zigaretten rauchen. Sie konnte nicht einschlafen. Sie stand auf, sah nach ihm und fand ihn einige Briefe mit der Hand schreiben. Es müssen jene kaum drei Zeilen langen Mitteilungen an die Mutter, den älteren Bruder und an mich gewesen sein, die er per Telefax an Martins Büro schickte. Ganz zuletzt wahrscheinlich der Abschiedsbrief an Vivianne. Ich habe ihn so oft gelesen, daß ich ihn auswendig weiß. Er beginnt mit den Worten: *„Je m'en vais, le cœur leger ...“*

Als sie ihn fragte, was er da schreibe, verwies er sie des Zimmers. Sie schlief kurz ein, wachte auf, fand sein Bett leer. Sie rief nach ihm, erhielt keine Antwort und suchte ihn im Salon und auf der Terrasse. Schließlich entdeckte sie die Leiche im Flur.

Am Abend setze ich mich oft an den Schreibtisch und vergleiche die Handschrift der verschiedenen Briefe, die er in der Nacht seines Freitods verfaßte, als könnte ich dadurch jene unbestimmte Ahnung, die ich in mir trage und von der es mir nicht gelingt, sie in Worte zu fassen, zu einem sicheren Wissen verdichten.

Immer wieder frage ich mich, warum er dieses Wort statt jenes verwendet, warum er die eine Wahrheit geschrieben, die andere aber verschwiegen hat. Aus welchem Grund schließt der eine Satz mit einem dreifachen Ausrufungszeichen, während ein beinahe gleich lautender sich in Gedankenpunkten verliert? Mit der Lupe studiere ich die einzelnen Buchstaben. Ein stümperhafter Pseudographologe, der aus Größe und Form der verschiedenen Auf- und Abschwünge der Schrift klärende Schlüsse ziehen möchte.

Meine Augen schmerzen, die Beine sind vom langen Sitzen taub geworden. Ich lege die Blätter in einen Briefumschlag und verstaue ihn in der Schublade. Ich gehe ins Wohnzimmer und stelle mich ans Fenster: Welchen Gegenstand wählte der Bruder als Henkersstrick? Welche Kleidung trug er? Was benutzte er als Galgenbaum? Hoffte er vielleicht auf Rettung in letzter Sekunde? Und was dachte er, während er Vorbereitungen traf, sein Leben abzuschließen wie die Tür eines Hauses, das man nie mehr betreten will?

Unsere Zeugnisse, die stets zu den besten der Klasse zählten, galten den Eltern im Gegensatz zu denen, die ihr ältester Sohn nach

Hause brachte, lediglich als Beweis, wie beschämend tief das Niveau des ehemals hervorragenden Gymnasiums gesunken war. Bei ordentlichen Lehrern könnten wir von Glück sagen, daß man uns nicht augenblicklich der Schule verwies, mit Schimpf und Schande davonjagte. Brachten wir ausnahmsweise eine schlechte Note nach Hause, bestand plötzlich Hoffnung, daß man uns endlich durchschauen und, so der Vater, uns die Maske vom Gesicht reißen würde.

Was immer wir begannen, stets wurde uns das Scheitern prophezeit. Noch bevor wir den ersten Schritt zur Verwirklichung gleich welchen Vorhabens setzten, verleideten es uns die Eltern, indem sie meinten, sollte es uns nicht gelingen, wäre dies kein Malheur. Auf der Welt müsse es auch Versager geben. Es sei keine Schande, so die Mutter, sich das eigene Unvermögen einzugestehen. Es könne nun einmal nicht jeder Generaldirektor einer Bank und Doktor der Philosophie werden. Auch anderen Kindern fiele die Schule schwer. Wem die Fähigkeiten für eine akademische Laufbahn nicht in die Wiege gelegt seien, müsse sich das Leben nicht unnötig mit mathematischen Formeln oder Lateinvokabeln erschweren.

Der Generaldirektor und Doktor der Philosophie erinnerte uns bei jeder Gelegenheit daran, wie notwendig die Gesellschaft Handwerker brauche. Ehrenwerte und tüchtige Leute, so der Vater, die sich und ihre Familie redlich durchs Leben brächten. Es gäbe für uns überhaupt keinen Grund, die Handwerksalternative von vornherein zu verwerfen. Nur müßten wir eben so hervorragende Schneider oder Schuster werden, daß jedermann sich seine Hosen oder Schuhe nur bei uns anmessen lassen wolle.

Aus den Spätnachrichten im Fernsehen erfahre ich von einem Massenselbstmord in der Westschweiz, wo mehr als fünfzig Sektenmitglieder der sogenannten *Gottestempler* auf Befehl ihres Führers Hand an sich gelegt haben. Ein Tiefenpsychologe sagt im Interview zu einem Journalisten, der ihn zu diesem Ereignis befragt, der Entschluß zum Freitod sei für jeden Menschen der am schwersten zu treffende.

Obwohl wir nach wie vor sowohl den Eltern als auch den Lehrern ausgeliefert waren, nutzten wir die spärlichen Freiräume, die sich da und dort auftaten, damit wir dem Doppelgänger wenigstens für kurze Zeit entkamen. Jeder versuchte, eigene Freunde zu finden, und verliebte sich in Mädchen, von denen der Bruder nichts wissen durfte. Bevor wir von zu Hause weggingen, sprachen wir uns ab, wer welches Kaffeehaus besuchen würde, damit wir uns nicht zufällig begegneten. Das letzte Bier des Abends tranken wir aber doch immer zusammen.

Wir brauchten die uns vom ersten Tag unseres Lebens an vertraute Nähe, gleichzeitig kämpften wir mit hartnäckiger Erfolglosigkeit gegen unsere Ununterscheidbarkeit an. Mein Bruder ließ sich einen schütteren Vollbart wachsen und trug Brillen. Ich für meinen Teil wartete jeden Morgen, bis er sich fertig angezogen hatte. Dann suchte ich für mich die Kleider aus dem Schrank, die sich von denen, die er trug, möglichst deutlich unterscheiden sollten.

Die Auswahl, die mir dabei zur Verfügung stand, hielt sich freilich in Grenzen, denn die Mutter kaufte für uns nach wie vor die gleichen Hosen, die gleichen Hemden, die gleichen in sich gemusterten Pullover, deren Halsausschnitt um mindestens zwei Nummern zu eng war. Der einzige Etappensieg, den wir schließlich errangen, bestand darin, daß von den doppelt angeschafften Garnituren meine in blau, seine in braun gehalten war.

Nichts, das vom Vater nicht in Geld gemessen worden wäre. Kein Gespräch, das sich nicht in zähem Feilschen erschöpfte. Jede Leistung und jede Verfehlung hatte ihren Preis, den er genau bestimmte. Auf den Groschen ausbezahlte oder vom zukünftigen Lohn abzog, es kam ganz darauf an. Zu Ostern und an unserem Geburtstag erhielten wir keine Geschenke, sondern einen exakt bemessenen Geldbetrag, auf den wir ein Anrecht hatten wie Arbeiter auf ihren Lohn. Zweimal pro Jahr bezahlte er uns pünktlich den Urlaubszuschuß und die Weihnachtsgratifikation. Am Monatsersten das Taschengeld, dessen Höhe in langwierigen Debatten ausgehandelt wurde.

Jeder Moment unseres Tages hatte seinen Tarif. Nichts, was es umsonst gegeben hätte. In regelmäßigen Abständen bilanzierte er uns. Er rechnete mit buchhalterischer Sorgfalt Soll und Haben gegeneinander auf und saldierte gnadenlos. So verbissen wir uns auch anstrengten, stets stand vor der Zahl unter dem Schlußstrich ein dickes Minuszeichen. Dann mußten wir zur väterlichen Hausbank betteln gehen, damit deren allmächtiger Generaldirektor gnadenhalber den Kredit verlängerte.

Wir führten das Leben erfolgloser Kaufleute, über deren Geschäft jederzeit der Konkurs oder der Zwangsausgleich verhängt werden konnte. Obwohl unsere Versprechen verpfändet, unsere Zukunft durch Hypotheken aussichtslos verstellt war, verringerte sich die Schuld nie. Die Möglichkeit eines Zahlungserlasses oder wenigstens einer Stundung wurde nicht einmal in Erwägung gezogen. Im Gegenteil: Unaufhörlich wuchs der Rückstand, bis allein für die Tilgung der Zinsen das größte Vermögen der Welt nicht mehr ausgereicht hätte.

Während der Pubertät bestand eines unserer Lieblingsspiele darin, Lebensgeschichten zu erfinden, deren Einzelheiten wir uns aus Filmen oder Büchern zusammenstahlen. Geduldig feilten wir an den Kostümen, gaben uns erst zufrieden, wenn auch das kleinste Detail schlüssig schien. War uns dies geglückt, setzten wir die Maske auf und erprobten sie an Bekannten oder jenen französischen Austauschschülerinnen, die jeden Mai einen Monat lang unser Gymnasium besuchten. Wir verwandelten uns in persische Prinzen aus einer Nebenlinie der von den Pahlevis abgesetzten Dynastie, in die letzten Nachkommen eines ostgalizischen Rabbinergeschlechts, in aufstrebende Pianisten polnischer Abstammung.

Meist blieben wir Brüder, nie Zwillinge. Unsere Eltern waren entweder schon vor Jahren gestorben oder lebten in einem fernen Land, wo wir sie nur selten besuchten.

Bald stand uns ein ansehnlicher Vorrat an Biographien zur Verfügung, die wir wie die Hemden wechselten. Diejenigen, die wir gerade nicht brauchten, hingen sauber geordnet im Schrank unseres gemeinsamen Gedächtnisses. Welch fremde Leben wir auch immer führten, nie empfanden wir Heimweh.

Die Reise ist endgültig abgesagt. Ich bleibe, wo ich bin. Ich liege auf dem Wohnzimmersofa, rauche eine Zigarette nach der anderen und starre aus dem Fenster. Schließlich greife ich nach der Fernbedienung des Fernsehapparats und drücke wahllos die verschiedenen Knöpfe. Ich springe im Rhythmus des Wortes, dessen Buchstaben in meinem Kopf wie Billardkugeln hin- und herrollen, von einem Kanal zum nächsten: klock, klock, klock. Tot, tot, tot.

Bei einer Dokumentation über Schwarzafrika verweile ich länger. Ich schalte den Ton an und höre der monotonen Stimme des Sprechers zu. Ich lasse die Zahlen und Statistiken wie eine verdiente Strafe über mich ergehen. Der Film gefriert zum Standbild. Die Namen der an der Sendung Beteiligten gleiten im Nachspann über den Schirm: ZDF, © 1994.

Ich drehe den Ton wieder ab und zappe weiter. Von der Werbung zu den Nachrichten, dann zu einem deutschen Schwarzweißlustspiel aus der Nachkriegszeit. Zapp, zapp, zapp. Tot, tot, tot.

Am Strand von Juan-Les-Pins trafen wir im Sommer neunzehnhundertsechsundsiebzig Esther und Muriel Desrumaux. Zwei Schwestern, die erst vor kurzem mit ihrer Familie von Bourg en Bresse hierher gezogen waren. Ihre vietnamesische Mutter hatte den Töchtern die mandelförmigen Augen, den zartgliedrigen Körper, das blauschwarz schimmernde Haar vererbt. Wir verwandelten uns in Cousins. Mein Bruder begann gerade eine vielversprechende Karriere als Konzertpianist. Ich studierte in Wien Medizin.

Jeden Nachmittag machten wir uns zu Fuß auf den Weg zum Appartement der Mädchen und kehrten erst spätabends zu unseren Gastfamilien zurück. Obwohl wir uns ursprünglich ein erotisches Abenteuer erhofft hatten, gaben wir uns bald mit jener geschwisterlichen Zuneigung zufrieden, die sie uns anboten. Wir küßten uns zur Begrüßung und beim Abschied auf die Wange. Einmal spazierten wir händchenhaltend über die Strandpromenade.

Ihre Familie nahm uns offen und warmherzig auf. Wir rauchten mit dem Vater, einem pensionierten Unteroffizier der Armee, filterlose Zigaretten und hörten uns seine Erzählungen über Indochina an, wo er mehrere Jahre stationiert gewesen war. Der Mutter halfen wir bei kleineren Arbeiten im Haushalt. Wir jäteten das Unkraut im Gemüsegarten oder trugen ihre Einkaufstasche vom Markt nach Hause.

Wir staunten, wie einträchtig eine Familie zusammenleben konnte. Daß es Eltern gab, die ihren Kindern vertrauten, statt ihnen pausenlos nachzuspionieren und sie jeder nur denkbaren Bosheit zu bezichtigen. Daß es durchaus möglich war, gemeinsam zu lachen, und einer den anderen nicht ständig zum Vorwurf machen oder zum Lebensunglück erklären mußte. Daß es nicht zwangsläufig in der Katastrophe zu enden hatte, wenn sich einer zum Essen verspätete. Daß man sich aus einem plötzlichen Einfall heraus und ohne Hintergedanken etwas schenkte, ohne daß der Kaufpreis in der Familienbuchhaltung notiert und mit alten Schulden verrechnet wurde. Unsere Verblüffung war grenzenlos. Obwohl wir selten darüber sprachen, erkannten wir rasch die Scham, die in der ausweichenden Antwort des Bruders mitklang, wollte man genaueres über unsere Familie wissen.

Manchmal rede ich mit ihm. Die Unsinnigkeit der ins Leere geflüsterten Worte fällt mir nicht sofort auf. Ich gehe meine Kreise ab und versichere ihm, wie stolz ich bin, daß er sich umgebracht hat und nicht bei einem Autounfall verunglückt oder an einer langweiligen

Krankheit zu Tode gesiecht ist. Der Freitod bleibt doch etwas Besseres, auch wenn ihn die Mutter am Telephon hartnäckig als Selbstmord bezeichnet. Etwas Außergewöhnliches. Eine Art Heldentod, sage ich laut und erschrecke vor der eigenen Stimme.

Nach der Matura schrieben wir uns ohne Überzeugung für Medizin ein. Es wäre uns schwergefallen, die Wahl zu begründen, hätte uns jemand danach gefragt. Gleichgültig besuchten wir vormittags die vorgeschriebenen Vorlesungen. Am Nachmittag kolloquierten wir, was uns bis zum Erbrechen vorgekaut worden war. Abends betranken wir uns oft mit Studienkollegen oder Freunden.

Das einzige, was unsere Aufmerksamkeit fesselte, war der anatomische Sezierkurs. Sorgfältig zogen wir den Leichen die Haut ab, legten Nerven und Blutgefäße frei, schabten den Periost von den Knochen oder säuberten die Muskeln von der sie einhüllenden Fettschicht. Zum ersten Mal durften wir das Geschick unserer Hände erproben, ohne daß Strafe drohte. Niemand schaute uns schadenfroh über die Schulter und tröstete uns schon im vorhinein über das zu erwartende Versagen. Schließlich gäbe es, so der Vater, keinen in der Familie, die sich ins fünfzehnte Jahrhundert zurückverfolgen ließ, von dem handwerkliches Talent überliefert sei.

Mein Zwillingsbruder hatte während der Sommerferien nach der Matura in Grenoble ein Mädchen mit kastanienbraunem Haar und porzellanweißem Teint kennengelernt. Sie hieß Pascale. Er besuchte sie von da an so häufig, wie es ihm möglich war. Jahre später heirateten sie gegen den Willen unserer Eltern.

Von einem dieser Besuche brachte er zum Entsetzen der Mutter, die um die Sauberkeit ihrer Perserteppiche und die Unversehrtheit der Biedermeierantiquitäten fürchtete, einen jungen Hund mit nach Graz. Ein aus einem deutschen Schäfer und einem Jagdhund gekreuztes Mischlingsweibchen, das er Wodka rief. Ein verspieltes, gutmütiges Tier, das mit der Zeit sogar der Vater in seiner Nähe duldete. So lange, bis die Hündin läufig wurde und auf dem frisch gewachsten Küchenboden einen Tropfen Menstruationsblut verlor.

Der ältere Bruder hatte in der Zwischenzeit, nachdem er zuerst den Militärdienst abgeleistet hatte, sein Jurastudium beendet und war über die Protektion des Vaters in ein Wiener Großbankhaus eingetreten. Neunzehnhundertundvierundachtzig heiratete er seine langjährige Freundin, die ebenfalls Juristin war. Zielstrebig und erfolgreich verfolgte jeder seine Karriere. Er im Bankgeschäft, sie als Assistentin an der Universität, bevor sie in den Ministerialdienst wechselte.

Die selbstverständliche Vertrautheit, die seit dem Tag der Geburt zwischen meinem Zwillingsbruder und mir herrschte, verlor sich immer häufiger in einem ruhelosen Pendeln, das blitzartig von unerträglicher Nähe in feindseliges Fremdsein wechselte. Als ich einmal eine Woche im Haus seiner zukünftigen

Schwiegereltern verbrachte, schlugen wir uns schon am ersten Tag die Lippen blutig.

Ich denke mir das Drehbuch zu einem Kriminalfilm aus, der von einem Mann handelt, der ein Verbrechen begeht und anschließend seinen Selbstmord fingiert, damit er der Strafe entrinnt. Er ändert seinen Namen, sein Aussehen, seine Biographie und taucht in einem fernen Land unter. Jahrzehnte danach kommt man ihm versehentlich auf die Schliche. Obwohl er seine Identität bis zuletzt leugnet, macht man ihm den Prozeß und verurteilt ihn zum Tod durch den Strang. In der Nacht, die seiner Hinrichtung vorausgeht, schreibt er einen Brief an seinen Anwalt, in dem er das Verwirrspiel auf die Spitze treibt. Er gibt zwar zu, derjenige zu sein, den man gesucht hat, leugnet aber, jenes Verbrechen begangen zu haben, dessentwegen er gehenkt werden soll. Nicht er sei der Täter, sondern ein mysteriöser Doppelgänger, von dessen Existenz niemand außer ihm weiß. Der Versuch, sich mit diesem Geständnis der Exekution zu entziehen, schlägt fehl. Im Morgengrauen wird der Mann gehenkt.

Im Februar neunzehnhundertzweiundachtzig packte mein Zwillingsbruder zwei Koffer, nahm den Hund an die Leine, stieg in sein Auto und fuhr nach Frankreich. Am Vortag hatte er den Eltern eröffnet, es gebe nichts mehr, das ihn in Graz zurückhalte. Das Studium sei ihm gleichgültig, geradezu widerwärtig. Nachdem er alles genau bedacht und die Konsequenzen sorgfältig gegeneinander abgewogen habe, sei er zu dem Entschluß gelangt, noch am nächsten Tag nach Grenoble zu ziehen und dort sein Glück zu versuchen.

Ich hörte ihm neiderfüllt zu. Abermals schien er mir größer und älter. Wir hatten häufig vom gemeinsamen Traum auszuwandern gesprochen. Uns sogar einmal auf dem Weg zu einem Praktikum im Reisebüro nach den Flugpreisen für verschiedene Ziele erkundigt, die uns verlockend schienen. Jetzt setzte er das in die Tat um, wovon wir immer geredet hatten. Er erfüllte sich unseren Wunsch und zog fort, als sei dies das einfachste auf der Welt. Sein Mut reichte aus. Meiner nicht. Er begann, bildete ich mir ein, eine neue und hoffnungsvollere Existenz, während ich in Graz blieb und weiterhin nach Luft rang.

Er baute an keinem neuen Leben, sondern vegetierte in der trostlosen Enge einer Garçonniere. Ohne Beschäftigung, ohne Vorhaben, ohne Zukunft. Meistens blieb er bis zum Mittag im Bett. Nachmittags trank er in einer hauptsächlich von Nordafrikanern frequentierten Bar. Am Abend schlief er vor den Zehn-Uhr-Nachrichten ein. Dennoch schien er auf eine seltsame Art glücklich.

Im Herbst desselben Jahres brach ich mein Medizinstudium ab und übersiedelte nach Wien, wo ich mich an der Universität für Arabisch und Philosophie einschrieb. Ich heiratete meine damalige Freundin Mi-Seon, eine koreanische Sängerin, von der ich sieben Jahre später fast am gleichen Tag geschieden wurde wie mein Zwillingsbruder von Pascale.

Da in der Wohnung, die der Vater für mich gemietet hatte, kein Telephon installiert war, schrieben mein Bruder und ich uns regelmäßig Briefe, in denen wir einander versicherten, wie sehr wir uns auf das nächste Wiedersehen freuten. War es soweit, oszillierten wir zwischen erstickender Nähe und sprachloser Fremdheit, die häufig in unverhohlene Feindschaft umschlug. Nur wenn wir tranken, stellte sich die alte Vertrautheit wieder ein.

Zum zweiten Mal in meinem Leben mache ich die Erfahrung, daß es Momente gibt, in denen sich Schweigen über jedes Wort, das ich sagen will, legt und es, noch ehe ich es aussprechen kann, im Keim erstickt. Augenblicke, in denen das Läuten des Telephons oder das Geräusch einer Tür zum Anschlag gegen mich und meine mühsam gezimmerten Gleichgewichtskrücken wird.

Wie ich von Vivianne, seiner togolesischen Witwe, erfuhr, sind seinem Freitod zahlreiche

Versuche, sich das Leben zu nehmen, vorangegangen. Angeblich zeugten tiefe Narben an den Handgelenken von der Absicht, sich die Pulsadern zu öffnen. „*Tu sais, il y avait du sang partout*", sagte sie mir kürzlich am Telephon. Ich habe die Male nicht gesehen, als ich ihn im vorigen November in Nizza besuchte. Vielleicht waren auch diese verschwiegenen Blessuren ein weiterer Grund dafür, daß er auf mich fremder wirkte als sonst.

Zur Begrüßung hatte er meiner zweiten Frau eine Schuhschachtel in die Hand gedrückt, in der eine nackte Barbiepuppe lag, deren Brust nach Voodooart mit spannlangen Stecknadeln durchbohrt war. Der Körper – besonders aber die Innenseite der Oberschenkel – war mit blutrotem Nagellack beschmiert. Als ich das Entsetzen im Gesicht von Beatrix bemerkte, verwandelte sich mein verständnisloses Kopfschütteln in Ekel.

Die meiste Zeit herrschte zwischen uns lauernde Vorsicht und feindseliges Schweigen. Nur wenn wir tranken, kamen wir uns näher, mit jedem Glas ein bißchen mehr.

In den Stunden der Schlaflosigkeit denke ich, daß es irgendwann so sein wird, als ob es ihn nie gegeben hätte.

Selbst nach seinem Tod ist der Sohn der Mutter bloß Ärgernis und Anlaß zu Verdruß. Beinahe jeden Tag ruft sie mich an und meint vorwurfsvoll, sein Selbstmord werde ihren ohnehin schlechten Schlaf auf Monate hinaus stören. Oft müsse sie an die Hebamme denken, die ja gleich nach unserer Geburt gesagt habe, sie frage sich, ob die Kinder das Martyrium, das sie durchleiden müsse, wirklich wert seien.

Nachdem er das erste Jahr in Frankreich mehr oder weniger ziellos vor sich hingelebt hatte, begann er wieder regelmäßig Klavier zu spielen. Wie er mir erzählte, übte er jeden Tag mehrere Stunden lang. Wenig später bestand er mit Auszeichnung die Aufnahmeprüfung am Genfer Konservatorium.

Obwohl das Studium, das er mit großem Fleiß betrieb, erfolgreich verlief, war die Begeisterung, die er früher der Musik entgegengebracht hatte, erloschen. Das Vernichtungsurteil, das die Eltern über seine künstlerischen Pläne gefällt hatten, ließ sich nicht mehr rückgängig machen. Der Glaube an das eigene Talent war – auch wenn es ihm seine Lehrer wiederholt bestätigten – unwiderruflich gebrochen.

Kurz vor dem Abschlußexamen verließ er von heute auf morgen die Akademie. Den Eltern schickte er eine plump gefälschte Kopie des angeblich erworbenen Diploms.

Mit jedem Tag, der seit seinem Freitod vergeht, wächst die Versuchung, ihn in die Chronologie des laufenden Jahres einzufügen und damit zu einem für mich abgeschlossenen Ereignis zu bagatellisieren. Während ich auf dem Wohnzimmersofa liege, stelle ich mir vor, wie ich mit dem Zug oder dem Auto nach Graz fahre, einen Strauß Blumen auf den Friedhof trage und kurz und gleichgültig vor dem Familiengrab verweile, auf dessen Grabstein sein Name samt Geburts- und Sterbejahr unter dem des Vaters eingemeißelt ist.

Doch plötzlich überfällt mich das Bild der gedunsenen, bis zur Unkenntlichkeit entstellten Leiche, die nach wie vor im Totenschauhaus von Lomé liegt. Die Kremierung, schreibt die österreichische Botschaft in Abidjan an meine Schwägerin, hängt am seidenen Faden der Gutwilligkeit der indischen Gemeinde, die sich zwar prinzipiell bereiterklärt hat, meinen Bruder nach hinduistischem Ritus zu verbrennen, die endgültige Entscheidung jedoch vom Autopsiebefund des örtlichen Amtsarztes abhängig macht.

Das Leben an verschiedenen Orten schien unsere Ähnlichkeit allmählich zu verringern. Am augenfälligsten unterschieden wir uns, was unser Körpergewicht betraf. Ein unersättlicher Hunger ließ meinen Bruder fast pausenlos essen. So gierig, als müsse ihm das fortwährende Kauen seine Lebendigkeit beweisen. Wie ich gehört habe, wurde normales Eßgeschirr für seinen Appetit zu klein, und er aß gleich vom Vorlegeteller und füllte diesen mehrmals mit verschiedenen Gängen bis an den Rand. Mit der Zeit wurde er so dick, daß er seine Zehenspitzen nicht mehr sehen konnte. Die überlasteten Fußgewölbe und die Knie schmerzten ihn bei jedem Schritt.

Er übersiedelte von Grenoble nach Pontcharra, einem savoyischen Dorf unweit von Chamberry, wo er ein gesichtsloses Haus mietete, das sowohl Platz für das Klavier als auch für seine Mischlingshündin und jene zwei Schäferhunde bot, die er mittlerweile aus dem Tierheim geholt hatte.

Auf den ersten Blick schien sich sein Leben stabilisiert zu haben. Das dachten zumindest die Eltern, die er regelmäßig in Graz besuchte. Er wirkte ausgeglichen und redete ruhig und überlegt über seine Zukunft. Er wollte möglichst rasch das begonnene Studium abschließen und danach als Klavierlehrer arbeiten. Es gäbe schon Angebote von verschiedenen Musikschulen. Pascale würde vorderhand ihren Beruf als Ballettlehrerin ausüben. Hätten sie genügend Geld gespart, sei es an der Zeit, an Kinder zu denken. Der

Vater nickte zustimmend mit dem Kopf. Der Sohn war offensichtlich vernünftig geworden.

Abends blieben wir bis weit nach Mitternacht zusammen. Wir tranken Bier, Wein, Whisky. Schluck für Schluck bröckelte ein Stück der mühsam zurechtgezimmerten Fassade. Er saß in einer ausweglosen Falle und wußte es.

Eines Tages – ich war mittlerweile in eine Wohnung gezogen, in der sich ein Telephon befand – rief er mich an und teilte mir mit, daß sich Laurent, sein achtzehnjähriger Schwager, während einer Klassenfahrt nach Italien mit dem Hemd an einem Baum hinter der Pension, in der die Schüler wohnten, erhängt hatte. Mit der gleichen Besessenheit, mit der ich jetzt über jede Einzelheit seiner Sterbeumstände Bescheid wissen will, fragte er sich, was Laurent wohl in den letzten Augenblicken des Lebens empfunden haben mochte. Was, so mein Zwillingsbruder wörtlich, der Grund für diese Wahnsinnstat gewesen sein konnte.

In den letzten Tagen stellt sich immer öfter ein warmes Gefühl der Leere in meinem Kopf ein. So, als ob mein Gehirn langsam wegschmelzen würde. Wo sich gerade noch ein Gedanke hat bilden wollen, ist eine Sekunde später buchstäblich nichts mehr. Die Wörter verflüchtigen sich. Die Bilder und Erinnerungsfetzen verdampfen zu einem milchweißen Nebel einer mir nicht unangenehmen Melancholie.

Endlich gelingt es mir, vom Wohnzimmersofa aufzustehen. Es hat viel Kraft gekostet. Ich ziehe mich an und bringe Katharina in den französischen Kindergarten. Es ist nicht wirklich hell. Allerheiligenwetter, bei dem auch zu Mittag das Licht in den Zimmern brennen bleibt. Den Heiligenstädter Park durchquerend, schlage ich vor, einige der Kastanien zu sammeln, die im Gras liegen. Sie bleibt kurz stehen, überlegt, schüttelt den Kopf und zertritt wie unabsichtlich die Frucht einer Blutberberitze.

Wieder zu Hause schlüpfe ich aus den Schuhen und hänge den Mantel am Garderobenhaken auf. Ich gehe durch die Wohnung und sehe mich um, als sei ich eben von einer langen Reise zurückgekehrt.

In der Woche vor Ostern setzte ich mich in den Zug. Mein Bruder holte mich in Genf vom Bahnhof ab. Nach Pontcharra fuhren wir mit seinem Auto. Der Frühling war hier weiter fortgeschritten als in Wien. Pascale arbeitete im Garten. Lachend erzählte sie von ihren zahllosen vergeblichen Versuchen, Tulpen und andere Blumen wachsen zu lassen: Kaum waren die Zwiebeln in die Erde gesteckt, gruben die Hunde sie wieder aus. Zur Bestätigung deutete sie auf eine Ecke des Rasens, die die Tiere erst heute morgen mit der Schnauze umgepflügt hatten.

Wir verbrachten einen ruhigen Tag. Mein Bruder und seine Frau wirkten zufrieden. Nach dem Abendessen saßen er und ich im sogenannten Klavierzimmer und tranken Weißwein. Während wir die dritte Flasche leerten, gestand er mir, was ich ohnehin bereits wußte: daß er nicht deswegen nach Frankreich ausgewandert war, weil er hier leben wollte, sondern weil es sich als die erstbeste Möglichkeit angeboten hatte, Graz und dessen Gespenstern zu entfliehen.

Erst nach seinem Tod scheine ich ihn wirklich wahrzunehmen. Solange er lebte, verhinderte wahrscheinlich unsere Ähnlichkeit, die trotz aller Irritationen bis zuletzt zwischen uns bestand, jene Distanz, die richtige Wahrnehmung ermöglicht. Immer häufiger denke ich an ihn, als sei er dazu bestimmt gewesen, mir das eigene Leben, das eigene Scheitern, erbarmungslos vorzuführen.

Und wozu?
Keine Antwort.

Nachdem er kurz vor dem Abschlußexamen das Musikstudium in Genf abgebrochen hatte, nahm er das ziellose Leben, das er im ersten Jahr in der Fremde geführt hatte, wieder auf. Während seine Frau ihrem Beruf nachging, verbrachte er den Tag, indem er sich entweder in deutschsprachigen Büchern und zerlesenen Zeitschriften vergrub oder die Supermärkte der Umgebung durchstreifte, bis er einen fand, der Wein oder Bier aus Österreich führte.

Irgendwann erzählte er mir, er habe eine Handelsagentur gegründet und werde sich den Lebensunterhalt fortan mit der Vermittlung verschiedener Geschäfte verdienen. Ich erinnere mich nicht mehr, um welche Unternehmungen genau es sich dabei handelte. Es tut, denke ich, auch nichts zur Sache.

Er selbst glaubte am wenigsten an einen möglichen Erfolg. Das Firmenschild an der Haustür, so der Bruder einmal, diene nur dazu, daß er eine bürgerliche Existenz vorschützen könne, sollte ihn irgend wer nach seinem Beruf fragen.

Etwa um diese Zeit nahm er unser altes Lieblingsspiel wieder auf und stülpte sich je nach Bedarf die unterschiedlichsten Identitäten über. Er wechselte die aus Fernsehfilmen und Büchern zusammengestohlenen Lebensgeschichten wie Hemden. Er trieb das Verwirrspiel derart auf die Spitze, daß er selbst nicht mehr zu wissen schien, wer er eigentlich war. Heute noch scheinen der einzige uns gemeinsam verbliebene Freund in Graz und ich bisweilen von verschiedenen Personen zu sprechen, wenn die Rede auf ihn kommt.

Nach und nach brach er sämtliche Kontakte ab, die er in Frankreich geknüpft hatte. Er sperrte sich im Haus ein und baute zielstrebig an den Mauern seines Gefängnisses. Traurig lachte er über Pascale, die glaubte, seine geschäftlichen Aktivitäten würden irgendwann einmal Früchte tragen. Er verachtete sie, so, wie die Mutter alle verachtet hatte, die unsere verbrecherischen Lügen nicht auf den ersten Blick durchschauten. Die mehr oder weniger letzte Verbindung, die er zur Außenwelt aufrechterhielt, war das neben dem Klavier stehende Telephon.

Manchmal hörte ich wochenlang nichts von ihm. Dann wieder rief er mich so häufig an, daß er mir lästig wurde. Wie aufgezogen redete er endlos über die belanglosesten Dinge. Er erzählte die ewiggleichen zweideutigen Witze oder beschwerte sich über seine Frau, die ihm angeblich das Leben zur Hölle machte. Hatte er mehr als gewöhnlich getrunken, sang er mir Beethovensonaten von der ersten bis zur letzten Note vor. Etuden von Chopin, Fugen von Bach. Übergangslos verbiß er sich in die Schrecken unserer Kindheit. – Weißt Du noch, wie die Eltern uns damals ...?

Ich hörte ihm schweigend zu. Was hätte ich dem, was er sagte, entgegenhalten können?

Denke ich jetzt an jene Jahre zurück, muß ich sagen, daß ich vieles, was ich von ihm zu wissen glaube, diesen oft bis zur Erschöpfung geführten Telephonaten verdanke. In ihnen bekannte er rückhaltlos seine innersten Ängste, über die er, trafen wir uns, nie auch nur andeutungsweise sprach. In endlosen Monologen schrie er sich die Hoffnungslosigkeit seines Daseins vom Hals, in der er, wie er sagte, täglich neu zu ertrinken fürchtete.

Egal, womit ich ihn aufzumuntern versuchte, er ließ nichts gelten. Er erinnerte, urteilte, verdammte. Die meisten dieser Anrufe endeten damit, daß ihm schließlich die Stimme versagte und er meinte, es sei ja doch für alles zu spät. Sein Leben sei verpfuscht, nichts mache mehr Sinn. Er wünschte mir lallend eine gute Nacht und legte den Hörer auf.

Obwohl er im freiwillig gewählten Exil nie eine neue Heimat fand, kam für ihn eine Rückkehr nach Graz nicht in Frage. Seine wahre Sehnsucht galt Wien. Einer Stadt, die er bloß von wenigen Besuchen flüchtig kannte, was ihn aber nicht daran hinderte, sie in immer groteskerer Weise zu verklären. Bei seinem letzten Besuch im Sommer vergangenen Jahres benahm er sich wie ein absurder Pilger, dem jeder Stein der Heiligen Stadt das vorweggenommene Paradies bedeutet.

Vivianne erzählte mir am Telephon, daß mein Bruder abends oft im tropenschwülen Wohnzimmer saß, wo kein Ventilator die Hitze erträglich machen konnte, und in einem abgegriffenen Bildband über die frühere Reichs- und Residenzstadt blätterte. Mit glänzenden Augen erläuterte er ihr die verschiedenen Sehenswürdigkeiten und Museen, schwärmte von Schönbrunn und der Hofburg, versprach ihr, sie nach Grinzing oder in den Prater zu führen. Hatte der neunziggrädige Palmenschnaps seine Wirkung getan, sang er die Kaiserhymne oder pfiff das Fiakerlied.

In der Straßenbahn teile ich die Fahrgäste in zwei Gruppen ein: in die, bei denen es mir denkbar scheint, daß sie irgendwann Hand an sich legen, und die übrigen, bei denen sich diese Möglichkeit wie von selbst verbietet. Habe ich letztere ausgeschieden, denke ich mir für jeden der ersten Gruppe den ihm gemäßen Freitod zurecht. Indem ich dem Gesichtsausdruck dieselbe Aufmerksamkeit widme wie den Bewegungen der Hände, ihre Kleider genauso eingehend mustere wie die Beschaffenheit ihrer Schuhe, ziehe ich meine Schlüsse und addiere sie zum jeweiligen Tod.

Der Mann, der die Zeitung von hinten nach vorne durchblättert, könnte sich die Pulsadern öffnen. Bei dem, der regungslos aus dem Fenster starrt, würde es mich kaum überraschen, wenn er sich eine Kugel durch den Kopf schießen würde. Die junge Frau, die jedesmal, wenn die nächste Haltestelle aus dem Lautsprecher durchgesagt wird, fast unmerklich zusammenfährt, sehe ich schon in der selbstgeknüpften Schlinge baumeln. Jener, der seinen eleganten Anzug und den kalbsledernen Attachékoffer wie zur Strafe trägt, mag seinen Selbstmord als Unfall tarnen, damit die Witwe die Versicherungssumme anstandslos auf ihr Konto überwiesen erhält und ihr so wenigstens der finanzielle Abstieg erspart bleibt.

Sobald meine Frau und Katharina zu Bett gegangen sind, stehe ich vom Sofa auf und beginne auf Zehenspitzen meine nächtliche Wanderung. Vom Wohnzimmer ins Vorhaus, vom Vorhaus in die Küche, von der Küche wieder zurück ins Wohnzimmer. Es ist still; die Möbel scheinen mir größer als tagsüber.

Ich gleite mit der Fingerspitze über das nußbraune Furnier des Eßtischs. Ich hänge Jacken und Mäntel auf den Kleiderbügeln gerade, blase die an der Glühbirne verschmorten Nachtinsekten aus der Lampenfassung. Der Parkettboden knarrt, wenn meine bloßen Füße auf eine bestimmte Stelle treten. Tot. Der Thermostat der Zentralheizung springt mit leisem Klicken an. Tot. Auf der Anrichte liegt eine dünne Staubschicht, die die Putzfrau übersehen haben muß. Mit dem Zeigefinger schreibe ich die drei Buchstaben auf das Holz. Tot. Zuerst auf deutsch, dann auf englisch und französisch, zum Schluß auf arabisch von rechts nach links. *Mamut.* Ich wische sie weg und gehe ins Badezimmer, um mir die Hände zu waschen. Dem Blick in den Spiegel weiche ich aus.

Später sitze ich am Schreibtisch und breite die Photographien und Briefe, die ich in der ganzen Wohnung zusammengesucht habe, vor mir aus. Ich greife nach dem erstbesten Blatt, entfalte es und lese, daß mein Zwillingsbruder mich zu seiner Hochzeit einlädt. Auf einem anderen schreibt er, wie ungeduldig er den nächsten Besuch in Wien erwartet. Zwei Zeilen weiter fürchtet er sich vor der alljährlich wiederkehrenden Frühlingsdepression, die er, wie er schreibt, schon in allen Knochen spürt. An anderer Stelle bittet er mich, ihm ein bestimmtes Buch zu besorgen. Beiläufig erkundigt er sich nach alten Freunden und Bekannten, so wie man nach dem Kurs von Aktien fragt, die man vor Zeiten abgestoßen hat. Er wünscht mir alles Gute, grüßt Mi-Seon und bittet, ich möge recht bald von mir hören lassen.

Ich lege die Briefe beiseite und nehme die Photographien zur Hand. Es sind nicht viele. Wir beide bei einem Ausflug nach Schönbrunn vor dem Neptunbrunnen. Ein Portrait, auf dem wir, von der Seite her aufgenommen, vermutlich über einen seiner zweideutigen Witze lachen. Mein Bruder, der Pascale vor den Traualtar führt.

Ich räume die Bilder und Briefe fort, zünde mir eine Zigarette an und wandere weiter. Vor der Reproduktion eines Kupferstichs, der unseren Ururgroßvater zeigt, bleibe ich stehen. Er bekleidete den Rang eines österreichischen Botschaftsrats beim Heiligen Stuhl und wurde von den Eltern stets gnadenlos gegen uns ins Treffen geführt. Zusammen mit dem Familienwappen, Inbegriff des Schreckens, der sich für uns mit dem Namen *Ohms* verband. Obwohl es sich bei dem Adelstitel bloß um einen niedrigen Beamtenadel aus dem vorigen Jahrhundert handelte, wurde er vom Vater bis zum Erbrechen vergötzt und uns von klein auf mühlsteinschwer um den Hals gehängt. Gleichgültig was wir taten, stets würde sich einer der Ahnen im Grab umdrehen, wüßte er, wie wir die heiligen Buchstaben beschmutzten und in den Dreck zerrten. Unser Benehmen war eine einzige Ungeheuerlichkeit. Eine boshaft und vorsätzlich begangene Todsünde gegen die Vorfahren.

Die Zeiger meiner Armbanduhr stehen auf Viertel vor drei. Ich nehme zwei Schlaftabletten und spüle sie mit einem Glas Wasser hinunter. Ich lege mich aufs Wohnzimmersofa, schalte mit der Fernbedienung von einem Kanal zum anderen und warte, daß die Tabletten wirken. Zap, zap, zap. Tot, tot, tot.

In der vergangenen Nacht habe ich zum ersten Mal seit seinem Tod von meinem Zwillingsbruder geträumt. Wir saßen einander in der Küche gegenüber und unterhielten uns über Belangloses. Ich konnte ihn nicht sehen, hörte nur seine Stimme. Statt des Körpers schwebte – schwer zu beschreiben! – eine kompakte Masse. Nichts wie eine Verdichtung der Luft über dem Stuhl, die in einem fort in sich hin- und herzitterte.

Das sprachlose Entsetzen, das die Nachricht von seinem Freitod in mir hervorgerufen hat, hat in den vergangenen Wochen nicht im geringsten nachgelassen, obwohl es mich seltener als in den ersten Tagen befällt. Zu einem zähen Klumpen verdickt, würgt es mich unvermutet in der Kehle oder ohrfeigt mich aus dem Kaffeehaus hinaus in den herbstbunten Volksgarten hinein. Traktiert mich über den

Kohlmarkt zum Graben. Die vorbeihastenden Leute machen mich schwindlig. Ich bleibe stehen, schließe die Augen und stütze mich an einer Hausmauer ab. Ein Polizist fragt, ob mir schlecht ist. Ich schüttle den Kopf und fange an zu laufen.

Als ich ihn ein anderes Mal in seinem selbstgewählten Exil in Pontcharra besuchte, nahm er mich zum Angeln mit. Wir saßen in der Vorfrühlingssonne am Ufer eines Schotterteichs, dessen Oberfläche an den schattigen Stellen noch von einer dünnen Eisschicht bedeckt war. Beiläufig sagte er, daß er an Scheidung denke: Ich habe keine Lust mehr. Dann: Es macht ja doch keinen Sinn. Ich fragte ihn, ob er über das Thema bereits mit Pascale gesprochen habe. Er schüttelte den Kopf. Er meinte, sie werde es früh genug bemerken. Dann öffnete er eine neue Dose Bier und redete von etwas anderem.

Später entdeckten wir im Wasser unter der Uferböschung kleine Teichkrebse, die erst kürzlich aus der Winterstarre erwacht sein mußten. Wir fingen sie mit dem Kescher und kochten sie zum Abendessen.

Pascale kehrte von der Arbeit heim. Mein Zwillingsbruder küßte sie und versicherte ihr seine ewige Liebe. Er fragte mich, ob ich nicht später einmal der Taufpate seiner Kinder sein wolle. Dann lachte er gehässig, zwinkerte mir zu und grinste komplizenhaft.

Kaum hatten wir uns nach dem Essen ins Klavierzimmer gesetzt, war wieder alles anders. Sein Leben besaß keinen Wert, und seine Frau haßte er – vor ihrem Körper ekelte es ihm schon lange, hatte er mir anvertraut. Ihre kleinbürgerliche Familie, die lediglich daran interessiert war, wie sie ihren Besitz mehren könnte, war ihm unerträglich. An Kinder sei nicht einmal im Traum zu denken. Bereits zu zweit reichte das Geld vorn und hinten nicht, wüchsen ihm die unbezahlten Rechnungen über den Kopf.

Nachdem wir die Weinflasche geleert hatten, brachte er Whisky. Er schraubte die Verschlußkappe auf und schenkte sich ein Wasserglas voll. Er setzte sich ans Klavier und spielte, was ihm gerade durch den Kopf ging. Meine Gegenwart schien er vergessen zu haben. Ich stand auf, wünschte ihm eine gute Nacht und ging zu Bett. Am nächsten Morgen fand ich ihn auf dem Boden liegend, im eigenen Erbrochenen schlafend.

Ich war eben im Begriff, meine Wohnung zu verlassen und zum Bahnhof zu fahren. Ich hatte Ende der achtziger Jahre oft in Belgrad zu tun und wußte, wie wichtig es war, sich rechtzeitig vor Abfahrt des Zuges einen Sitzplatz zu sichern. Als ich nach der Reisetasche griff und zur Tür gehen wollte, läutete das Telephon. Es dauerte mehr als zehn Minuten, bis Pascale sich soweit beruhigt hatte, daß sie mir den Grund ihres Anrufs in halbwegs zusammenhängenden Worten schildern konnte: Nachdem sich mein Bruder am Vorabend beinahe bis zur Bewußtlosigkeit betrunken hatte, holte er aus dem Schrank eine alte Armeepistole, wankte in den Vorgarten und schoß wahllos auf die Häuser der Nachbarn. Die Frau versuchte verzweifelt, ihm die Waffe zu entreißen. Wie sie fortfuhr, war es ein unglaubliches Glück, daß er niemand getroffen hatte. Weil man sie in der Nachbarschaft kannte, sah man davon ab, die Gendarmen zu rufen. Irgendwie hatte der Tobende sich schließlich beruhigen lassen. Er warf die Pistole ins Gras, kehrte ins Haus zurück und legte sich schlafen. Am nächsten Morgen setzte er sich in sein Auto und fuhr mit unbekanntem Ziel davon.

Darf ich den Telekopien der österreichischen Botschaft aus Abidjan glauben, hat die Kremierung letzten Samstag in Lomé stattgefunden. Ich stelle mir vor, wie barfüßige Hindufrauen in einem staubigen Hinterhof einen Scheiterhaufen hochschichten, auf den dann die Leiche gelegt wird. Ein weißbärtiger Mann setzt mit einer Fackel das Holz in Brand. In den knisternden Flammen zerplatzt die braunschwarze Haut, verschmort das strähnige, ungekämmte Haar. Dann erhält jeder der Handlanger den vereinbarten Lohn und geht seines

Wegs. Nach einer Weile fliegen auch die Aasvögel fort, die der süßliche Totengestank auf die Äste der umliegenden Bäume gelockt hat. Sie müssen sich heute nach anderem Futter umsehen.

Die Auslöschung ist endgültig. Der Körper meines Spiegelbilds, das Gesicht des Doppelgängers, den man, solange ich denken kann, mit meinem verwechselte, existiert nicht mehr. Ein weiteres Unterscheidungsmerkmal zwischen uns: Ich bin der *Übriggebliebene*.

Der jüdische Brauch, der vorschreibt, daß man nach einem Todesfall die Spiegel verhängt, gewinnt für mich seine Bedeutung. Ist das Bild, das ich allmorgendlich beim Rasieren im Badezimmerspiegel sehe, überhaupt mein eigenes? Die Spiegelung meines Gesichts? Oder bloß die Spiegelung der Spiegelung? Und vor allem: die Spiegelung wessen?

Oft rief er mich genau in dem Moment an, in dem ich zum Hörer greifen und seine Nummer wählen wollte. Er berichtete mir von einem Ereignis, das mir am Vortag selbst widerfahren war. Erzählte begeistert von einem neu entdeckten Buch, dessen erstes Kapitel ich gerade las. Hatte am Vorabend so wie ich ein Glas zuviel getrunken. Im Herbst wurden wir gleichzeitig von einer Erkältung, im Winter von der Grippe, im Frühling von denselben Migräneanfällen geplagt.

So sehr uns dieser Gleichklang irritierte, noch verstörender fanden wir die Tatsache, daß bei ein und demselben Erlebnis häufig Gleiches in Verschiedenes kippte. Ähnlich wie bei jenen Taschenkalendern aus Fernost, die je nach dem Blickwinkel, aus dem heraus man sie betrachtet, das Motiv, das sie zeigen, ändern.

Ich ertappe mich dabei, wie ich nach wie vor vom *älteren* Bruder rede, als gäbe es noch einen anderen. Manchmal verwechselt die Mutter, die es immer eiliger hat, zur Tagesordnung überzugehen, meinen Vornamen mit dem meines Zwillingsbruders. Oder spricht von mir in der Mehrzahl, was ich erst bemerke, wenn ich den Hörer aufgelegt habe. Die Verdopplung überlebt den Gegenstand, den sie bezeichnen sollte. Ich schlage im Wörterbuch nach, ob das Wort *Zwillingswaise* existiert.

Von heute auf morgen beendete er seine Selbstisolation und kaufte sich in eine Firma ein, die an der Mittelmeerküste Rennboote erzeugte. Das Kapital, das er benötigte, hatte ihm der Vater geschenkt, in der Hoffnung, es würde dem Sohn endlich gelingen, sein Leben in den Griff zu kriegen. Die Woche über arbeitete er als kaufmännischer Direktor des Unternehmens in der Nähe von Cannes, das Wochenende verbrachte er in Pontcharra, wo er seiner Frau das Leben zur Hölle machte.

Montag vormittags rief er mich für gewöhnlich an und erzählte zerknirscht, was in den vergangenen zwei Tagen vorgefallen war. So gut wie jeder Streit begann damit, daß Pascale sich Kinder wünschte, er aber nichts davon hören wollte. Sobald allerdings ein Gynäkologe ihre Unfruchtbarkeit festgestellt hatte, machte mein Bruder sie ihr zum unausgesetzten Vorwurf und benutzte sie als Vorwand, um ihr mit der Scheidung zu drohen.

Immer häufiger wandte sie sich an mich und erzählte fassungslos von den neuesten Exzessen und Gewaltorgien ihres Mannes, die ihn, wie ich weiß, um nichts weniger verstörten als sie. Er zitterte dem nächsten Ausbruch entgegen und konnte sich selbst nur hilflos bei den eigenen Amokläufen zusehen. Er sprach auch wieder regelmäßig von Selbstmord.

Du hast ja keine Ahnung, wie satt ich mich habe! Oder: Ich möchte mich endlich von mir selber befreien.

Auf Zureden seines Hausarztes begab er sich in Behandlung eines Psychoanalytikers und brach die Therapie nach wenigen Sitzungen ab: Es macht ja doch keinen Sinn.

Kurze Zeit später stürzte er sich hektisch in alle möglichen Unternehmungen, von denen sämtliche gleichzeitig ausgeführt werden mußten und keine letztendlich zum Ziel führten. Rastlos pendelte er zwischen Genf, Pontcharra und der Côte d'Azur hin und her. In der Schweiz lernte er eine Gruppe angeblich vermögender Exillibyer kennen, konvertierte zum Islam und nannte sich Shukry. An der Riviera traf er bei einer Party Nora, eine Algerierin, die ihm gerade bis zur Schulter reichte, mit olivfarbener Haut und blauschwarzem, kurzgeschnittenem Haar, die er neunzehnhundertzweiundneunzig gegen jede Vernunft heiratete. Wiederholt flog er nach Marbella, Paris oder London. Einmal nach Tripolis, ein andermal zur Pilgerreise nach Mekka. Irgendwann rief er mich aus einem Hotelzimmer in Westafrika an. Wo immer er sich befand, stets führte ihn der Weg am ersten Abend ins teuerste Bordell der Stadt.

Am Ende jeder Reise saß er im sogenannten Klavierzimmer, trank Wein und improvisierte auf dem Klavier. Er hörte zerschrammte Schallplatten, die er noch in Graz gekauft hatte. Er rief mich an und erzählte, er verzweifle an dem fortwährend größer werdenden Stapel unbezahlter Rechnungen, die sich auf seinem Schreibtisch türmten.

Er gab sein hektisches Herumreisen genauso plötzlich auf, wie er es angefangen hatte. Er sperrte sich im Haus ein, trank Schnaps und redete endlos ins Telephon, das erneut seine fast einzige Verbindung zur Außenwelt bildete. Er rief ehemalige Freunde oder Bekannte an, mit denen er schon seit Jahren nicht mehr in Verbindung stand. Wie er mir sagte, wählte er häufig die Nummer der halbvietnamesischen Schwestern in Juan-Les-Pins und hielt sie über die glänzenden Fortschritte seiner Pianistenkarriere auf dem laufenden. Eines Abends fuhr er mit dem Auto die mehr als zweihundert Kilometer zu dem Haus, in dem sie wohnten, und beobachtete sie lange durchs Fenster.

Mehr und mehr scheint mir sein Freitod zu einer Tatsache zu werden, an die ich mich gewöhne wie an eine Abwesenheit oder einen Mangel. Auch der normale Zeitfluß stellt sich langsam wieder ein. Der Tag besitzt einen

Morgen, einen Mittag und einen Abend. Ich staune auch seltener über meine eigene Kaltblütigkeit, mit der es mir gelingt, meiner Arbeit nachzugehen. Die Nachrichten im Fernsehen verfolge ich mit Interesse. Am Essen finde ich bisweilen Geschmack.

Und dann genügt ein Bild aus der Erinnerung, ein unerwartetes, plötzliches Geräusch oder ein unbedachter Blick in den Spiegel, und alles kommt ins Rutschen und gerät aus dem Lot.

Auf der Straße höre ich die Absätze von Stöckelschuhen hart und gleichmäßig auf das Trottoir klappern. Erst nach einer Weile fällt mir auf, daß ich im Rhythmus der Stöckel das unsägliche Wort vor mich hinskandiere: klapp, klapp, klapp. Tot, tot, tot.

Als mein Zwillingsbruder keinen anderen Ausweg mehr wußte, warf er die Bücher, Schuhe und Kleider Pascales in die Badewanne, übergoß sie mit Benzin und zündete sie an. Dann packte er einen Koffer, setzte sich ins Auto und fuhr davon. Monatelang hörte sie nichts von ihm. Rief sie ihn im Büro an, ließ er sich von der Sekretärin verleugnen. Sie verkaufte den Konzertflügel, damit sie die Brandschäden beseitigen lassen konnte. Verstaute seine Sachen in der Garage, versorgte die Hunde, bezahlte seine Schulden. Willigte ohne Bedingungen in die einvernehmliche Scheidung ein, die er ihr durch seinen Anwalt übermitteln ließ.

In der Zwischenzeit war er bei Nora eingezogen und fütterte sie fleißig mit Geschichten aus der savoyischen Ehehölle.

De mortuis nihil nisi bene?

Soweit ich mich entsinne, sprach er nie wieder über die Zeit seiner ersten Ehe. Sie schien für ihn wie ausgelöscht. Er ging auch nicht mehr seiner Arbeit nach. Er verkaufte die Anteile an der Firma und nahm das ziellose Leben wieder auf, das er während des ersten Jahres in Frankreich geführt hatte.

Seine Freundin verließ morgens das Haus und fuhr ins Büro. Mein Bruder vergrub sich in deutschsprachigen Büchern oder Zeitschriften. Am Nachmittag suchte er in den Regalen der Supermärkte nach österreichischem Bier oder Wein. Er rief mich nach dem Abendessen an, redete ohne Ende über die belanglosesten Dinge und erzählte seine ewiggleichen zweideutigen Witze, die ich nicht mehr hören konnte.

Stein um Stein baute er an seinem Gefängnis und stieß sich den Kopf an dessen Mauern blutig. Die blinde Zerstörungswut, die in ihm raste, brach sich bald auch an der Riviera ihre Bahn. Die Exzesse und Tobsuchtsanfälle wiederholten sich, die haltlosen Beschuldigungen und im Vollrausch ausgestoßenen Drohungen, die er in Pontcharra gegen Pascale gerichtet hatte, richtete er wortgleich gegen Nora. War der Anfall vorbei, zitterte er der nächsten Explosion entgegen und verzweifelte daran, daß es ihm nicht gelang, sie zu verhindern. Wieder faßte er den Selbstmord ins Auge: Du hast ja keine Ahnung, wie satt ich mich habe.

Wie so oft während der vergangenen Wochen sitze ich um drei in der Früh am Schreibtisch, trinke Wein und lese die Telekopien der österreichischen Botschaft in Abidjan. Die kurzen Begleitschreiben meiner Schwägerin, zuletzt den Brief, den Vivianne zwei Tage nach seinem Freitod an mich gesandt hat: … *ce soir là il était très calme et moi je pensais qu'il avait tout oublié de sa décision de se donner la mort.*

Im Mai neunzehnhunderteinundneunzig empfahl der Arzt Beatrix, meiner zweiten Frau, sie solle sich vor der Geburt, die wir für Ende Juli erwarteten, noch einmal gründlich erholen: am besten irgendwo am Meer. Wir entschieden uns für Nizza.

Mein Bruder holte uns mit dem Auto vom Flughafen ab und fuhr uns in das Hotel, in dem er für uns auf meine Bitte hin ein Zimmer reserviert hatte. Zum Abendessen waren wir bei ihm zu Hause eingeladen.

Er wohnte in einem geschmackvoll möblierten Zwei-Zimmer-Appartement. Soweit ich sah, war die Beziehung zu Nora ruhig und harmonisch. Er lobte ihre Kochkünste und hielt sich beim Trinken auffallend zurück. Später bummelten wir lange durch verschiedene Lokale der Fußgängerzone.

Drei Tage danach war es mit der Fassade des Friedens vorbei. Wir hatten am Vorabend Beatrix gegen zehn Uhr ins Hotel begleitet. Sie wollte früh ins Bett, die ungewohnte Meerluft hatte sie schläfrig gemacht. Mein Bruder und ich setzten uns in ein Café und bestellten eine Flasche Weißwein. Nachdem wir sie geleert und die Rechnung bezahlt hatten, fragte er mich, ob ich nicht Lust auf ein bestimmtes Etablissement hätte, dessen thailändische Schönheiten er in den höchsten Tönen lobte. Wie er fortfuhr, schätzte man ihn in jenem Bordell als generösen Stammgast. Für Sauberkeit und Qualität der Mädchen könne er sich verbürgen. Ich lehnte dankend ab und ging allein ins Hotel zurück.

Am nächsten Tag tauchte er am frühen Nachmittag unerwartet am Strand auf. Er wirkte übernächtigt. Sein Gesicht war verschwollen und zeigte die Spuren eines Kampfes. Ein Finger der rechten Hand war geprellt, der Nagel bläulich verfärbt. Wir fragten ihn, was denn um Gottes Willen passiert sei. Er gab keine Antwort, zuckte nur die Schultern. Später behauptete er, seine Freundin habe ihn, kaum daß er die Wohnung betrat, mit allem, was ihr gerade in die Hände geriet, geschlagen. Selbst als er wehrlos auf dem Boden lag, habe sie mit Stöckelschuhen auf ihn eingetreten. Auf meinen skeptischen Blick meinte er nur: Es gibt vieles, von dem du nichts weißt. Sei froh!

Mitte August kamen Nora und er zu einem überraschenden Kurzbesuch nach Wien. Sie bemühten sich zwar, den Überdruß zu verbergen, den sie gegeneinander empfanden, doch er sprach aus jedem Wort, das sie wechselten.

Einmal besuchte er mich allein. Kaum hatte er sich gesetzt, brach die aufgestaute Verzweiflung aus ihm heraus: Er beklagte sich über die unberechenbare Launenhaftigkeit seiner Lebensgefährtin, ihre unersättliche Geldgier, mit der sie das letzte aus ihm herauszupressen versuchte, ihren kaltblütigen, stupenden Egoismus. Seitdem sie ihre Arbeit aufgegeben hatte, lag sie, wie er mir versicherte, entweder den ganzen Tag lang im Bett, rauchte Marihuana und sah fern oder traf sich mit einem ihrer früheren Liebhaber, mit denen sie auch gelegentlich über das Wochenende verreiste. Er lebe gewissermaßen ständig am Rand eines Nervenzusammenbruchs, setzte er hinzu, und gehe oft die ganze Nacht lang im Wohnzimmer auf und ab, rauche eine Zigarette nach der anderen und grüble darüber nach, was ihn in diese Sackgasse getrieben habe, aus der er keinen Ausweg sah. Dennoch kam eine Trennung für ihn nicht in Frage: Ich kann nicht allein sein. Du weißt es ja.

Er unternahm einen letzten, halbherzigen Versuch, sich doch noch so etwas wie eine bürgerliche Existenz zu schaffen. Über Vermittlung des Vaters trat er als Angestellter in die Industrie- und Handelskammer der Côte d'Azur ein. Er gab sich eine Zeitlang der

Täuschung hin, daß es ihm dadurch gelingen könnte, sein Leben in Ordnung zu bringen.

Jeden Morgen zwängte er sich widerwillig in das Kostüm eines Außenhandelsbeauftragten für Mittel- und Osteuropa wie in einen zu engen Anzug. Er ekelte sich so sehr vor dem Tag, der ihm bevorstand, daß er sich mehrmals erbrach, bevor er das Haus verließ. Die Aktenmappe und die Wildlederschuhe trug er wie eine Strafe. In der Mittagspause betrank er sich, damit sich der Nachmittag leichter überstehen ließ. Abends erwartete ihn die gewohnte Hölle. Jenes Gefängnis, an dem er unbeirrt weiterbaute.

Von den Dienstreisen, die er unternahm, schrieb er seiner Nichte in Wien Ansichtskarten. Zu Weihnachten und an ihrem Geburtstag schickte er Geschenke. Auch unter dem Jahr lagen ab und zu Päckchen aus Nizza für Katharina im Briefkasten. Es genügte, wenn er im Schaufenster ein Spielzeug oder ein Bilderbuch sah, von dem er meinte, es würde ihr Freude bereiten. Ein Trachtenkleid aus Ungarn, ein anderes aus der Provence. Ein Zirkusbus aus Plastik, auf dessen Dach eine Luftorgel montiert war – im Inneren der Plexiglaspfeifen tanzten bunte Kugeln im Rhythmus der Musik. Rief ich ihn im Büro an, um mich für die Geschenke zu bedanken, bat er mich ängstlich, sie Nora gegenüber nie zu erwähnen.

Angeblich zeigte er allen Bekannten, die er noch hatte, stolz die wenigen Photographien, die er von meiner Tochter besaß. Er freute sich, wenn sie alt genug wäre, die Sommerferien bei ihm in Nizza zu verbringen. Für die Zuneigung, die sie ihm entgegenbrachte, wirkte er dankbar. Am Telephon erkundigte er sich oft nach ihr.

Ich schaue vom Wohnzimmerfenster auf. Der Kastanienbaum im Hof hat beinahe alle Blätter verloren. Am Morgen, der auf die Nacht folgte, in der mir der Blitz seines Sterbens quer durch die Augen gezuckt war, glänzten sie noch feucht und dunkelgrün in der Sonne des Altweibersommers.

Er fuhr mit französischen Firmenvertretern für eine Woche nach Budapest. Auf dem Rückweg besuchte er uns in Wien, wo am Sonntag die Bundespräsidentenwahl stattfinden sollte.

Beiläufig bemerkte ich, ich würde von meinem Wahlrecht keinen Gebrauch machen. Sämtliche Kandidaten seien mir gleichermaßen zuwider. Mein Bruder fragte, ob er statt meiner zur Wahl gehen dürfe. Ich nickte: wenn dir so viel daran liegt ...

Anstandslos akzeptierte man im Wahllokal meinen Reisepaß als seinen. An der gelungenen Verwechslung freute er sich lange.

Bis weit in den Nachmittag hinein flanierten wir durch die Innere Stadt, wobei er es sich nicht nehmen ließ, die meiste Zeit den Kinderwagen zu schieben. Er lud Beatrix und mich zum Mittagessen ein und erkundigte sich, wann wir wieder nach Nizza kommen würden. Dann: Katharina gefällt das Meer sicher gut.

Bevor wir ihn nach Schwechat fuhren, rief er Nora an und bat sie, sie möge ihn vom Flughafen abholen. Ich habe keine Ahnung, was sie antwortete, aber sein eben noch fröhliches Gesicht vereiste von einer Minute zur nächsten. Er legte den Hörer auf die Gabel, schaute auf die Uhr und bemerkte, es sei Zeit, sich auf den Weg zu machen. Vor der Abflughalle meinte er, wir bräuchten ihn nicht begleiten: Laß mich einfach nur aussteigen. Ohne sich von uns zu verabschieden, lief er in den Terminal.

Keine zwei Monate später kam er am Abend vom Büro nach Hause und fand die Wohnung bis auf den letzten Nagel ausgeräumt. Bloß seine Kleider, Bücher und Schallplatten lagen verstreut auf dem Boden. Nachdem er sich vom ersten Schreck erholt hatte, rief er mich an. Zu meinem Erstaunen wirkte er über das, was vorgefallen war, geradezu erleichtert. Fast so, als sei er aus einem Alptraum erwacht. Er prostete mir durch die Leitung zu und sagte, er sei Nora für ihren Entschluß beinahe dankbar. Er selbst hätte wohl nie die Kraft aufgebracht, den längst fälligen Schlußstrich zu ziehen: Ich kann nicht allein sein. Du weißt es ja!

Die Eltern überwiesen Geld, von dem er neuen Hausrat anschaffte. Ein Tisch mit vier Sesseln, ein Bett, eine Waschmaschine, Geschirr. Er wollte jeden Monat einen Teil seines Gehalts sparen und sich ein gebrauchtes Klavier kaufen: Platz genug habe ich jetzt ja!

Er machte Pläne für die Zukunft. Er freute sich auf seinen nächsten Besuch in Wien. Vielleicht wäre Katharina alt genug, damit er ihr den Prater zeigen könnte.

Er wirkte ruhiger und ausgeglichener. Selbst die Arbeit schien ihm erträglich. Nur manchmal wachte er in der Nacht auf, spürte einen Stich in der Brust und saß dann bis zur Morgendämmerung auf dem Balkon.

Er lernte andere Frauen kennen, lud sie zu sich ein und ging mit ihnen ins Bett. Freute sich, wenn sie zum Frühstück blieben, weil er wußte, er würde sie nie wieder sehen. Er schuldete ihnen nichts; sie konnten nichts von ihm verlangen. So vergingen etliche Wochen. Dann lief er Nora – zufällig? – über den Weg.

Wenig später gab er das eigene Appartement auf und übersiedelte in ihre Garçonniere. Die kürzlich angeschafften Möbel verstaute er im Keller, wo sie bald gestohlen wurden. Es dauerte nicht lange, und seine Wutausbrüche und Exzesse wiederholten sich und trieben sich durch die räumliche Beengtheit auf die Spitze.

Das Telephon läutete an manchen Tagen pausenlos. In der Früh, zu Mittag, am Nachmittag, am Abend, spät nach Mitternacht. Er beklagte sich über die Schläge, die ihm seine Freundin verabreichte. Mehr als einmal zerbrach sie angeblich einen Stuhl oder einen Besenstiel auf seinem Rücken. Dann lief sie aus dem Haus und kehrte frühestens am nächsten Tag zurück. Er verzweifelte an seiner Gewalttätigkeit, der er hilflos wie eh und je gegenüberstand. Wenn sie sich bis zur Erschöpfung bekriegt hatten, war es ihm am Morgen nicht möglich, zur Arbeit zu gehen. Eine Nacht verbrachte er in der Ausnüchterungszelle der Polizeistation, eine weitere im städtischen Krankenhaus in der Notfallambulanz, wo man seine Wunden versorgte.

Je auswegloser er sich in den Krieg verstrickte, den er gegen Nora – und sie gegen ihn! – führte, um so verzweifelter versuchte er, sich zu entkommen. Er spürte, sagte er, immer häufiger eine Art undefinierbaren *horror vacui*, der auch mich von Zeit zu Zeit überfällt.

Wieder einmal liege ich auf dem Wohnzimmersofa und überlege, was er als Galgenbaum benutzt, woran er das freie Ende der Schlinge geknüpft haben mag. Haben seine Hände gezittert, als er den Knoten festzog? Überzeugte er sich von der Tragkraft der Henkersschnur, ehe er sich ihr anvertraute? Ließ er im Moment seines Todes Kot und Harn, wie ich es in einem Film gesehen habe? Und was hat es tatsächlich mit der behaupteten Strangulationserektion auf sich?

Aus heiterem Himmel und gegen jede Vernunft heiratete er seine algerische Freundin. Zwei Tage danach trafen wir uns in Paris. Wie er betonte, konnte er sich schon beim Verlassen des Standesamts nicht mehr erklären, warum er diese Ehe überhaupt eingegangen war. Er wirkte mürrisch und verschlossen, trank bereits zum Frühstück Bier. Abends zog er von einem Bordell ins nächste. Tagsüber stritten wir wegen jeder Kleinigkeit, und um ein Haar hätten wir uns die Lippen blutig geschlagen.

Unser Vater starb Anfang Januar an einem Herzinfarkt. Die Mutter rief mich an. Ich verständigte den Bruder in Frankreich. Er wollte die Nachricht zunächst gar nicht glauben und wiederholte vollkommen fassungslos: Mach keine Witze. Mit so etwas spaßt man doch nicht!

Zum Begräbnis, das eine Woche später stattfand, reisten Beatrix und ich mit der Bahn nach Graz. Kurz nach Bruck an der Mur hielt der Zug auf offener Strecke. Ich fragte den Schaffner nach dem Grund: Ein Lebensmüder hatte sich auf die Gleise gelegt, und für eine Notbremsung war es zu spät gewesen.

Mein Zwillingsbruder holte uns vom Hauptbahnhof ab. Im Taxi wechselten wir kaum ein Wort. Beim Abendessen dagegen redete er beinahe ununterbrochen. Die Arbeit in der Handelskammer mache ihm Freude, die Vorgesetzten wüßten seine Leistungen zu schätzen, wahrscheinlich würde man ihn bald befördern. Das Leben zu Hause verliefe harmonisch. Sobald sie genug Geld zur Seite gelegt hätten, sei es an der Zeit, an Kinder zu denken. Und so weiter und so fort.

Die Beerdigung war für zwölf Uhr mittags angesetzt. Ein föhniger Tag, viel zu warm für die Jahreszeit. Wir trafen uns im Aufbahrungsraum am evangelischen Teil des St.-Peter-Friedhofs. Ich stellte mich direkt neben die Tür, weil ich niemand in meinem Rücken haben wollte. Erst recht nicht auf dem Weg zum Grab. Als die Zeremonie zuende war, bekamen die Sargträger ihr Trinkgeld. Die Mutter bat den Pfarrer zu einem Imbiß nach Hause. Der Appetit, mit dem sie und mein Zwillingsbruder aßen, verblüffte mich.

Wir kehrten nach Wien zurück. Mein Bruder und Nora kamen am nächsten Tag nach. Kaum daß sie in der Wohnung waren, warfen sie sich die gemeinsten Beschuldigungen und haarsträubendsten Verdächtigungen an den Kopf. Pausenlos lagen sie mir mit Geschichten aus ihrer französischen Ehehölle in den Ohren, wobei sie mit buchhalterischer Sorgfalt die Niederträchtigkeiten des anderen auflisteten.

Wie zum Hohn wurde Nora schwanger. Ein Kind, hofften beide, würde sie möglicherweise zur Ruhe kommen lassen. Eine gemeinsame Zukunft schien möglich. Zumindest redete mein Bruder sie herbei. Die Hoffnung trog. Der Waffenstillstand hielt nicht lange. Was wirklich geschah, ist mir bis heute ein Rätsel. Der Bruder bezichtigte seine Frau, sie habe ohne sein Wissen eine Abtreibung vornehmen lassen. Glaubte man ihr, hatte sie auf dem Weg zum Frauenarzt eine Fehlgeburt erlitten.

Nachdem sie seine Kleider zerschnitten, seine Bücher verbrannt und seine Schallplatten unrettbar zerschrammt hatte, warf sie ihn aus der Wohnung. Sie ließ das Türschloß auswechseln und reichte über ihren Anwalt die Scheidung ein. Wie mir der Bruder berichtete, bezahlte sie den Advokaten mit jenem Geld, das sie ihm zuvor vom Konto gestohlen hatte.

Im Sommer vergangenen Jahres kam er zum letzten Mal nach Graz. Sein Leben war ihm vollkommen entglitten. Er gab sich auch keinerlei Mühe, seinen Bankrott zu verbergen. Er wirkte gleichgültig, beinahe apathisch. Nach dem Aufstehen trank er den ersten Pernod. Beim Mittagessen fiel ihm der Bissen von der Gabel. Sprach man ihn an, gab er entweder überhaupt keine Antwort oder bat, man möge ihn in Ruhe lassen: Ich bin müde.

Einmal spazierte er mit der Mutter auf den Friedhof. Er blieb lange vor dem Grab des

Vaters stehen. Dann meinte er, wenn es bei ihm einmal soweit sei, wolle er auch in dieser Grube beerdigt sein.

Was immer die Mutter ihm vorschlug, er ließ es sich gefallen. Weil sie es so wollte, fuhr er für eine Woche nach Semriach, obwohl ihm dieser Ort nicht weniger verhaßt war als mir. Gehorsam schlüpfte er in die Rolle des folgsamen Kindes. Er wanderte mit ihr durch den Wald oder erledigte die Einkäufe im Dorf. Sie verspottete ihn wegen seines Übergewichts und war beleidigt, wenn er sich von dem, was sie für ihn gekocht hatte, nichts nachnahm. Er legte sich nach den Acht-Uhr-Nachrichten schlafen und stand im Morgengrauen auf. Oft setzte er sich ans Klavier und spielte jene Stücke, die er vor zwanzig Jahren geübt hatte.

Beatrix und ich fuhren nach Kärnten, wo Katharina mit meinen Schwiegereltern eine Ferienwoche verbrachte. Mein Bruder begleitete uns. Seine Stimmung hellte sich auf. Es freute ihn, daß das Kind den Onkel erkannte und sogar noch seinen Namen wußte. Sie nahm ihn an der Hand und zeigte ihm die Tiere des hoteleigenen Streichelzoos. Auf der Rückfahrt nach Graz meinte er, ich hätte es gut.

Er besaß so gut wie nichts mehr. Die Mutter schenkte ihm ausgemustertes Geschirr. Eßbesteck, Kochlöffel, Topflappen, Handtücher, Bettwäsche. Zwei Koffer mit Anzügen des Vaters, die er sofort nach seiner Rückkehr in einem Secondhand-Shop verkaufte. Sie gab ihm Geld, mit dem er alte Schulden begleichen sollte. Zum Abschied ermahnte sie ihn, er solle sich stets vor Augen halten, welche Sorgen er ihr bereite. Wie schon die Hebamme gemeint habe: Sie frage sich …

Ich denke mir, er war sich über die Ausweglosigkeit im klaren, in die er sich durch die fluchtartige Emigration nach Togo manövriert hatte. Wie ich hörte, kaufte er sich auch nur eine einfache Flugkarte.

Was ging in seinem Kopf vor, als er an jenem naßkalten Januar in Orly in die Air-France-Maschine stieg?

Die letzten Monate in Frankreich verlebte er in der ärmlichsten Trostlosigkeit, die sich denken läßt. Bei einem Besuch im Spätherbst stellte ich fest, daß sich in der Wohnung, in der er mit Vivianne hauste, so gut wie keine Möbel befanden. In der Küche stand bloß ein wackeliger Tisch, den der Vormieter dagelassen hatte. Daneben ein Stuhl, von dem die Farbe abblätterte. An der Zimmerdecke bemerkte ich dunkle Flecken. Die Tapete löste sich von der Wand. Die Heizung funktionierte nicht. Das Email des Waschbeckens war gesprungen. Bevor ich auf die Toilette ging, bat er mich, ich möge die Spülung vorsichtig ziehen, damit das Badezimmer nicht überschwemmt werde. Von seiner ehemals ansehnlichen Bibliothek waren nur noch wenige Bände übrig, die zwischen einer Whiskyflasche und der Reproduktion des Kupferstichs unseres Ururgroßvaters in einem Regal lehnten.

Beim Aperitiv erzählte er, Nora, mit der er auf dem Papier immer noch verheiratet war, verfolge ihn mit blindwütigem Haß. Sie terrorisiere ihn am Telephon und ließ durch ihren Anwalt die Forderungen wöchentlich in die Höhe schrauben. Er ging nur mehr unregelmäßig zur Arbeit. Er ahnte bereits, daß es bloß einige Wochen dauern würde, bis er das Kündigungsschreiben erhielt. Es schien ihn nicht zu kümmern: Je weniger ich besitze, um so weniger kann sie mir wegnehmen.

Er wollte so bald wie möglich nach Afrika. Auch Frankreich habe sich als Sackgasse erwiesen. Über eine Zukunft redete er nicht mehr.

Zwei Monate später reiste er ab. Er machte sich nicht einmal die Mühe, die Wohnung aufzulösen oder das Telephon abzumelden. Manchmal wählte ich seine Nummer und ließ es ins Leere läuten.

Der Briefträger stellte mir die Aufforderung zu, ein Paket, das dem Empfänger nicht zugestellt werden konnte, vom Postamt abzuholen. Um Weihnachten herum hatte ich ihm noch verschiedene Dinge geschickt, um die er mich gebeten hatte. Wie ich am Poststempel sah, war die Expreßsendung zeitgerecht in Nizza angekommen.

Lange Zeit hörte ich nichts von ihm. Ich kannte nicht einmal seine Adresse. Dann rief er mich an. Er erzählte, es gehe ihm gut. Er habe eine Handelsfirma gegründet und exportiere Tropenholz und Langusten nach Italien und in die USA. Das Leben in Afrika gefalle ihm ausgezeichnet. Keine Sekunde bereue er den Entschluß, Europa den Rücken gekehrt zu haben. Unter dem Siegel der Verschwiegenheit ließ er mich wissen, daß er, obwohl der Scheidungsprozeß in Frankreich noch anhängig war, Vivianne geheiratet hatte. Als ich ihm sagte, daß er sich dadurch der Bigamie schuldig mache, lachte er: Hierzulande gelten andere Gesetze!

Ab und zu meldete er sich bei der Mutter. Er schrieb ihr belanglose Briefe, einmal legte er ein paar Photographien bei. Auf einer, die ihn inmitten ebenholzschwarzer Kinder zeigt, lächelt er, als wolle er sich für ein Mißgeschick entschuldigen, an dem ihn keine Schuld trifft. Er bat sie, sie möge ihm eine Biographie von Spinoza schicken, und bedankte sich für das Geld, das sie ihm zu seinem Geburtstag überwiesen hatte.

Eines Tages blieben die Nachrichten aus.

Zwei Tage vor seinem Freitod rief ich ihn aus einer unbestimmten Unruhe heraus an. Ohne Umschweife gestand er mir, er sei finanziell am Ende. Auch das Restaurant, das er vor wenigen Tagen eröffnet hatte, habe sich als Fehlschlag erwiesen: Jetzt bleibt mir wirklich nur noch der Strick.

Vierzig Stunden danach fuhr mir der Blitz seines Sterbens quer durch die Augen. Meine Glieder zuckten, als hätte sie ein plötzlicher Stromstoß elektrisiert. Eine furchtbare Gewißheit breitete sich in mir aus wie Wellenkreise, wenn man einen Kieselstein ins Wasser wirft.

Um halb sieben in der Früh rief mich meine Schwägerin Brigitte an. Gleich darauf wählte ich Christians Nummer in Lomé. Eine Frauenstimme, die nur gebrochen Französisch sprach, bestätigte mir seinen Tod: … *alors Christian, c'est fini …*

In der Küche unterhalten sich Beatrix und Katharina. Meine Frau erkundigt sich, was es im Kindergarten Neues gibt. Beide lachen, dann singt das Kind ein Lied, das sie heute gelernt hat: *ainsi font, font, font, ainsi font les marionettes; ainsi font, font, font, trois petits tours et puis s'en vont.*

Ich stehe vom Schreibtisch auf und schleiche auf Zehenspitzen ins Bad. Ich bleibe vor dem Spiegel stehen und schaue mir in die Augen, während meine Lippen lautlos ein Wort formen, das sie wiederholen, bis es schließlich hörbar wird: *Ja.*

Wien, 28.9.–11.11.1994

Von Wilfried Ohms im Verlag C. H. Beck erschienen:

Kaltenberg. Ein Abstieg

Roman

176 Seiten. 1999

„Wilfried Ohms ist es gelungen, aus der eindimensional
angelegten und in ihrer Schlichtheit
überzeugenden Figur seines Kaltenberg einen
ganzen Menschen zu machen."
Süddeutsche Zeitung